1,000,000 Books

are available to read at

---

www.ForgottenBooks.com

Read online
Download PDF
Purchase in print

ISBN 978-0-243-96397-3
PIBN 10725943

This book is a reproduction of an important historical work. Forgotten Books uses
state-of-the-art technology to digitally reconstruct the work, preserving the original format
whilst repairing imperfections present in the aged copy. In rare cases, an imperfection in
the original, such as a blemish or missing page, may be replicated in our edition. We do,
however, repair the vast majority of imperfections successfully; any imperfections that
remain are intentionally left to preserve the state of such historical works.

Forgotten Books is a registered trademark of FB &c Ltd.
Copyright © 2018 FB &c Ltd.
FB &c Ltd, Dalton House, 60 Windsor Avenue, London, SW19 2RR.
Company number 08720141. Registered in England and Wales.

For support please visit www.forgottenbooks.com

DU MÊME AUTEUR

—

A HENRI GHEON

son franc camarade

A. G.

ANDRÉ GIDE

'Immoraliste

— ROMAN —

Je te loue, ô mon Dieu ! de
ce que tu m'as fait créature
si admirable.

PSAUMES, CXXXIX, 14.

SOIXANTE-SEPTIÈME ÉDITION

PRÉFACE

Je donne ce livre pour ce qu'il vaut. C'est un fruit plein de cendre amère; il est pareil aux coloquintes du désert qui croissent aux endroits calcinés et ne présentent à la soif qu'une plus atroce brûlure, mais sur le sable d'or ne sont pas sans beauté.

Que si j'avais donné mon héros pour exemple, il faut convenir que j'aurais bien mal réussi (¹); les quelques rares qui voulurent bien s'intéresser à l'aventure de Michel, ce fut pour le honnir de toute la force de leur bonté. Je n'avais pas en vain orné de tant de vertus Marceline; on ne pardonnait pas à Michel de ne pas la préférer à soi.

Que si j'avais donné ce livre pour un acte

(¹) Il a paru en juin une édition petit in-8° de ce livre, tirée à 300 exemplaires sur vergé d'Arches.

d'accusation contre Michel, je n'aurais guère réussi davantage, car nul ne me sut gré de l'indignation qu'il ressentait contre mon héros; cette indignation, il semblait qu'on la ressentît malgré moi ; de Michel elle débordait sur moi-même; pour un peu l'on voulait me confondre avec lui.

Mais je n'ai voulu faire en ce livre non plus acte d'accusation qu'apologie, et me suis gardé de juger. Le public ne pardonne plus aujourd'hui que l'auteur, après l'action qu'il peint, ne se déclare pas pour ou contre ; bien plus, au cours même du drame on voudrait qu'il prît parti, qu'il se prononçât nettement soit pour Alceste, soit pour Philinte, pour Hamlet ou pour Ophélie, pour Faust ou pour Marguerite, pour Adam ou pour Jéhovah. Je ne prétends pas, certes, que la neutralité (j'allais dire: l'indécision) soit signe sûr d'un grand esprit ; mais je crois que maints grands esprits ont beaucoup répugné à... conclure — et que bien poser un problème n'est pas le supposer d'avance résolu.

C'est à contre-cœur que j'emploie ici le mot « problème ». A vrai dire, en art, il n'y a pas de problèmes — dont l'œuvre d'art ne soit la suffisante solution.

Si par « problème » on entend « drame », dirai-je que celui que ce livre raconte, pour se jouer en l'âme même de mon héros, n'en est pas moins trop général pour rester circonscrit dans sa singulière aventure. Je n'ai pas la prétention d'avoir inventé ce « problème » ; il existait avant mon livre ; que Michel triomphe ou succombe, le « problème » continue d'être, et l'auteur ne propose comme acquis ni le triomphe, ni la défaite.

Que si quelques esprits distingués n'ont consenti de voir en ce drame que l'exposé d'un cas bizarre, et en son héros qu'un malade ; s'ils ont méconnu que quelques idées très pressantes et d'intérêt très général peuvent cependant l'habiter — la faute n'en est pas à ces idées ou à ce drame, mais à l'auteur, et j'entends : à sa maladresse — encore qu'il ait mis dans ce livre toute sa passion, toutes ses

larmes et tout son soin. Mais l'intérêt réel
d'une œuvre et celui que le public d'un jour
y porte. ce sont deux choses très différentes.
On peut sans trop de fatuité, je crois, préférer
risquer de n'intéresser point le premier jour,
avec des choses intéressantes — que pas-
sionner sans lendemain un public friand de
fadaises.

Au demeurant, je n'ai cherché de rien
prouver, mais de bien peindre et d'éclairer
bien ma peinture.

L'Immoraliste

(A Monsieur D. R., président du conseil.)

Sidi b. M. 3o juillet 189.

Oui, tu le pensais bien : Michel nous a parlé, mon cher frère. Le récit qu'il nous fit, le voici. Tu l'avais demandé ; je te l'avais promis ; mais à l'instant de l'envoyer, j'hésite encore, et plus je le relis et plus il me paraît affreux. Ah ! que vas-tu penser de notre ami ? D'ailleurs qu'en pensé-je moi-même ?... Le réprouverons-nous simplement, niant qu'on puisse tourner à bien des facultés qui se manifestent cruelles ? — Mais il en est plus d'un aujourd'hui, je le crains, qui oserait en ce récit se reconnaître. Saura-t-on inventer l'emploi de tant d'intelligence et de force — ou refuser à tout cela droit de cité ?

En quoi Michel peut-il servir l'état ? J'avoue que je l'ignore... Il lui faut une occupation. La haute position que t'ont value tes grands mérites, le pouvoir que tu tiens, permettront-ils de la trouver ? — Hâte-toi. Michel est dévoué : il l'est encore ; **il ne** le sera bientôt plus qu'à lui-même.

Je t'écris sous un azur parfait ; depuis les douze jours que Denis, Daniel et moi sommes ici, pas un nuage, par une diminution de soleil. Michel dit que le ciel est pur depuis deux mois.

Je ne suis ni triste, ni gai ; l'air d'ici vous emplit d'une exaltation très vague et vous fait connaître un état qui paraît aussi loin de la gaîté que de la peine ; peut-être que c'est le bonheur.

Nous restons auprès de Michel ; nous ne voulons pas le quitter ; tu comprendras pourquoi si tu veux bien lire ces pages ; c'est donc ici, dans sa demeure, que nous attendons ta réponse ; ne tarde pas.

Tu sais quelle amitié de collège, forte déjà, mais chaque année grandie, liait Michel à Denis, à Daniel, à moi. Entre nous quatre une sorte de pacte fut conclu : au moindre appel de l'un devaient répondre les trois autres. Quand donc je reçus de Michel ce mystérieux cri d'alarme, je prévins aussitôt Daniel et Denis, et tous trois, quittant tout, nous partîmes.

Nous n'avions pas revu Michel depuis trois ans. Il s'était marié, avait emmené sa femme en voyage, et, lors de son dernier passage à Paris, Denis était en Grèce, Daniel en Russie, moi retenu, tu le sais, auprès de notre père malade. Nous n'étions pourtant pas restés sans nouvelles ; mais celles que Silas et Will, qui l'avaient revu, nous donnèrent, n'avaient pu que nous étonner. Un changement se produisait en lui, que nous n'expliquions pas encore. Ce n'était plus le puritain très docte de naguère, aux gestes maladroits à force d'être convaincus, aux regards si clairs que devant eux souvent nos trop libres propos

s'arrêtèrent. C'était... mais pourquoi t'in-
diquer déjà ce que son récit va te dire

Je t'adresse donc ce récit, tel que Denis
Daniel et moi l'entendîmes : Michel le fit su
sa terrasse où près de lui nous étions étendu
dans l'ombre et dans la clarté des étoiles. ,
la fin du récit nous avons vu le jour se leve
sur la plaine. La maison de Michel la domine, ainsi que le village dont elle n'est dis-
tante que peu. Par la chaleur, et toutes le
moissons fauchées, cette plaine ressemble a
désert.

La maison de Michel, bien que pauvre et
bizarre, est charmante. L'hiver on souffrira
du froid, car pas de vitres aux fenêtres ; o
plutôt pas de fenêtres du tout, mais de vast
trous dans les murs. Il fait si beau que nou
couchons dehors sur des nattes.

Que je te dise encore que nous avions fa
bon voyage. Nous sommes arrivés ici le soi
exténués de chaleur, ivres de nouveauté, no
étant arrêtés à peine à Alger, puis à Con
tantine. De Constantine un nouveau train no

emmenait jusqu'à Sidi b. M. où une carriole attendait. La route cesse loin du village. Celui-ci perche au haut d'un roc comme certains bourgs de l'Ombrie. Nous montâmes à pied ; deux mulets avaient pris nos valises. Quand on y vient par ce chemin, la maison de Michel est la première du village. Un jardin fermé de murs bas, ou plutôt un enclos l'entoure, où croissent trois grenadiers déjetés et un superbe laurier rose Un enfant kabyle était là, qui s'est enfui dès notre approche, escaladant le mur sans façon.

Michel nous a reçus sans témoigner de joie ; très simple, il semblait craindre toute manifestation de tendresse ; mais sur le seuil, d'abord, il embrassa chacun de nous trois gravement.

Jusqu'à la nuit nous n'échangeâmes pas dix paroles. Un dîner presque tout frugal était prêt dans un salon dont les somptueuses décorations nous étonnèrent, mais que t'expliquera le récit de Michel. Puis il nous servit le café qu'il prit soin de faire lui-même. Puis

nous montâmes sur la terrasse d'où la vue
à l'infini s'étendait, et tous trois, pareils aux
trois amis de Job, nous attendîmes, admi-
rant sur la plaine en feu le déclin brusque de
la journée.

Quand ce fut la nuit, Michel dit :

PREMIÈRE PARTIE

I

Mes chers amis, je vous savais fidèles. À mon appel vous êtes accourus, tout comme j'eusse fait au vôtre. Pourtant voici trois ans que vous ne m'aviez vu. Puisse votre amitié, qui résiste si bien à l'absence, résister aussi bien au récit que je veux vous faire. Car si je vous appelai brusquement, et vous fis voyager jusqu'à ma demeure lointaine, c'est pour vous voir, uniquement, et pour que vous puissiez m'entendre. Je ne veux pas d'autre secours que celui-là : vous parler. —

Car je suis à tel point de ma vie que je ne
peux plus dépasser. Pourtant ce n'est pas la
situde. Mais je ne comprends plus. J'ai besoin.
J'ai besoin de parler, vous dis-je. Savoir se
libérer n'est rien ; l'ardu, c'est savoir êt
libre. — Souffrez que je parle de moi ; je vais
vous raconter ma vie, simplement, sa
modestie et sans orgueil, plus simplemen
que si je parlais à moi-même. Écoute
moi :

La dernière fois que nous nous vîmes
c'était, il m'en souvient, aux environs d'An-
gers, dans la petite église de campagne où
mon mariage se célébrait. Le public était
peu nombreux, et l'excellence des amis faisait
de cette cérémonie banale une cérémonie
touchante. Il me semblait que l'on était ému
et cela m'émouvait moi-même. Dans la maison de celle qui devenait ma femme, un
court repas, sans rires et sans cris, vous réuni
à nous au sortir de l'église ; puis la voiture
commandée nous emmena, selon l'usage qu

joint en nos esprits, à l'idée d'un mariage, la vision d'un quai de départ.

Je connaissais très peu ma femme et pensais, sans en trop souffrir, qu'elle ne me connaissait pas plus. Je l'avais épousée sans amour, beaucoup pour complaire à mon père, qui, mourant, s'inquiétait de me laisser seul. J'aimais mon père tendrement ; occupé par son agonie, je ne songeai, en ces tristes moments, qu'à lui rendre sa fin plus douce ; et ainsi j'engageai ma vie sans savoir ce que pouvait être la vie. Nos fiançailles au chevet du mourant furent sans rires, mais non sans grave joie, tant la paix qu'en obtint mon père fut grande. Si je n'aimais pas, dis-je, ma fiancée, du moins n'avais-je jamais aimé d'autre femme. Cela suffisait à mes yeux pour assurer notre bonheur ; et, m'ignorant encore moi-même, je crus me donner tout à elle. Elle était orpheline aussi et vivait avec ses deux frères. Elle s'appelait Marceline ; elle avait à peine vingt ans ; j'en avais quatre de plus qu'elle.

J'ai dit que je n'ai [...] point — du moins
n'éprouvai-je [pour] rien de ce qu'on
appelle amour, mais [...], si l'on
veut entendre par là de la promesse, une
sorte de piété, enfin une estime [...] grande.
Elle était catholique et je suis protestant...
mais je croyais l'être si peu! le prêtre m'ac-
cepta; moi j'acceptai le prêtre : cela se joua
sans impair.

Mon père était, comme l'on dit, « athée »,
— du moins je le suppose, n'ayant, par une
sorte d'invincible pudeur que je crois bien
qu'il partageait, jamais pu causer avec lui de
ses croyances. Le grave enseignement hu-
guenot de ma mère s'était, avec sa belle
image, lentement effacé en mon cœur; vous
savez que je la perdis jeune. Je ne soupçonnais pas encore combien cette première morale d'enfant nous maîtrise, ni quels plis elle
laisse à l'esprit. Cette sorte d'austérité dont
ma mère m'avait laissé le goût en m'en in-
culquant les principes, je la reportai toute à
l'étude. J'avais quinze ans quand je perdis

ma mère ; mon père s'occupa de moi, m'entoura et mit sa passion à m'instruire. Je savais déjà bien le latin et le grec ; avec lui j'appris vite l'hébreu, le sanscrit, et enfin le persan et l'arabe. Vers vingt ans j'étais si chauffé qu'il osait m'associer à ses travaux. Il s'amusait à me prétendre son égal et voulut m'en donner la preuve. L'*Essai* sur *les cultes Phrygiens*, qui parut sous son nom, fut mon œuvre ; à peine l'avait-il revu ; rien jamais ne lui valut tant d'éloges. Il fut ravi Pour moi, j'étais confus de voir cette supercherie réussir. Mais désormais je fus lancé. Les savants les plus érudits me traitaient comme leur collègue. Je souris maintenant de tous les honneurs qu'on me fit... Ainsi j'atteignis vingt-cinq ans, n'ayant presque rien regardé que des ruines ou des livres, et ne connaissant rien de la vie ; j'usais dans le travail une ferveur singulière. J'aimais quelques amis (vous en fûtes), mais plutôt l'amitié qu'eux-mêmes mon dévouement pour eux était grand, mais c'était besoin de noblesse ; je chérissais en moi chaque beau sentiment. Au demeurant, j'ignorais mes amis, comme je m'ignorais moi-même. — Pas un instant ne me survint l'idée que j'eusse pu mener une existence différente ni qu'on pût vivre différemment.

A mon père et à moi des choses simples suffisaient ; nous dépensions si peu tous deux, que j'atteignis mes vingt-cinq ans sans savoir que nous étions riches. J'imaginais, sans y songer souvent, que nous avions seulement de quoi vivre ; et j'avais pris, près de mon père, des habitudes d'économie telles que je fus presque gêné quand je compris que nous possédions beaucoup plus. J'étais à ce point distrait de ces choses, que ce ne fut même pas après le décès de mon père, dont j'étais unique héritier, que je pris conscience un peu plus nette de ma fortune, mais seulement lors du contrat de mon mariage, et pour m'apercevoir du même coup que Marceline ne m'apportait presque rien.

Une autre chose que j'ignorais, plus im-

portante encore peut-être, c'est que j'étais
d'une santé très délicate. Comment l'eussé-
je su, ne l'ayant pas mise à l'épreuve ? J'avais
des rhumes de temps à autre, et les soignais
négligemment. La vie trop calme que je
menais m'affaiblissait et me préservait à la
fois. Marceline, au contraire, semblait robuste, — et qu'elle le fût plus que moi,
c'est ce que nous devions bientôt savoir.

Le soir même de nos noces nous cou-
chions dans mon appartement de Paris, où
l'on nous avait préparé deux chambres. Nous
ne restâmes à Paris que le temps qu'il fallut
pour d'indispensables emplettes, puis ga-
gnâmes Marseille, d'où nous nous embar-
quâmes aussitôt pour Tunis.

Les soins urgents, l'étourdissement des
derniers événements trop rapides, l'indispensable émotion des noces venant sitôt
après celle plus réelle de mon deuil, tout
cela m'avait épuisé. Ce ne fut que sur le
bateau que je pus sentir ma fatigue. Jus-

qu'alors chaque occupation, en l'accroissant, m'en distrayait. Le loisir obligé du bord me permettait enfin de réfléchir. C'était, me semblait-il, pour la première fois.

Pour la première fois aussi je consentais d'être privé longtemps de mon travail. Je ne m'étais accordé jusqu'alors que de courtes vacances. Un voyage en Espagne avec mon père, peu de temps après la mort de ma mère, avait, il est vrai, duré plus d'un mois ; un autre, en Allemagne, six semaines ; d'autres encore — mais c'étaient des voyages d'études ; mon père ne s'y distrayait point de ses recherches très précises ; moi, sitôt que je ne l'y suivais plus je lisais. Et pourtant, à peine avions-nous quitté Marseille, divers souvenirs de Grenade et de Séville me revinrent, de ciel plus pur, d'ombres plus franches, de fêtes, de rires et de chants. Voilà, ce que nous allons retrouver, pensai-je. Je montai sur le pont du navire et regardai Marseille s'écarter.

Puis, brusquement, je songeai que je délaissais un peu Marceline.

Elle était assise à l'avant ; je m'approchai, et, pour la première fois vraiment, la regardai.

Marceline était très jolie. Vous le savez ; vous l'avez vue. Je me reprochai de ne m'en être pas d'abord aperçu. Je la connaissais trop pour la voir avec nouveauté ; nos familles de tout temps étaient liées ; je l'avais vue grandir ; j'étais habitué à sa grâce... Pour la première fois je m'étonnai, tant cette grâce me parut grande.

Sur un simple chapeau de paille noire elle laissait flotter un grand voile ; elle était blonde, mais ne paraissait pas délicate. Sa jupe et son corsage pareils étaient faits d'un châle écossais que nous avions choisi ensemble. Je n'avais pas voulu qu'elle s'assombrît de mon deuil.

Elle sentit que je la regardais, se retourna vers moi... jusqu'alors je n'avais eu près d'elle qu'un empressement de commande ;

je remplaçais, tant bien que mal, l'amour
par une sorte de galanterie froide qui, je le
voyais bien, l'importunait un peu ; Marceline
sentit-elle à cet instant que je la regardais
pour la première fois d'une manière différente ? A son tour elle me regarda fixement ;
puis, très tendrement, me sourit. Sans parler, je m'assis près d'elle. J'avais vécu pour
moi ou du moins selon moi jusqu'alors ; je
m'étais marié sans imaginer en ma femme
autre chose qu'un camarade, sans songer bien
précisément que, de notre union, ma vie
pourrait être changée. Je venais de comprendre enfin que là cessait le monologue.

Nous étions tous deux seuls sur le pont.
Elle tendit son front vers moi ; je la pressai
doucement contre moi ; elle leva les yeux ;
je l'embrassai sur les paupières, et sentis
brusquement, à la faveur de mon baiser, une
sorte de pitié nouvelle ; elle m'emplit si
violemment, que je ne pus retenir mes larmes.

— Qu'as-tu donc ? me dit Marceline.

Nous commençâmes à parler. Ses propos charmants me ravirent. Je m'étais fait, comme j'avais pu, quelques idées sur la sottise des femmes. Près d'elle, ce soir-là, ce fut moi qui me parus gauche et stupide.

Ainsi donc celle à qui j'attachais ma vie avait sa vie propre et réelle ! L'importance de cette pensée m'éveilla plusieurs fois cette nuit ; plusieurs fois je me dressai sur ma couchette pour voir, sur l'autre couchette, plus bas, Marceline, ma femme, dormir.

Le lendemain le ciel était splendide ; la mer calme à peu près. Quelques conversations point pressées diminuèrent encore notre gêne. Le mariage vraiment commençait. Au matin du dernier jour d'octobre nous débarquâmes à Tunis.

Mon intention était de n'y rester que peu de jours. Je vous confesserai ma sottise : rien dans ce pays neuf ne m'attirait que Carthage et quelques ruines romaines : Timgat, dont Octave m'avait parlé, les mosaïques de Sousse

et surtout l'amphithéâtre d'El Djem, où je me
proposais de courir sans tarder. Il fallait
d'abord gagner Sousse, puis de Sousse
prendre la voiture des postes ; je voulais que
rien d'ici là ne fût digne de m'occuper.

Pourtant Tunis me surprit fort. Au toucher
de nouvelles sensations s'émouvaient telles
parties de moi, des facultés endormies qui,
n'ayant pas encore servi, avaient gardé toute
leur mystérieuse jeunesse. J'étais plus étonné,
ahuri, qu'amusé, et ce qui me plaisait surtout,
c'était la joie de Marceline.

Ma fatigue cependant devenait chaque
jour plus grande ; mais j'eusse trouvé honteux d'y céder. Je toussais et sentais au
haut de la poitrine un trouble étrange. Nous
allons vers le Sud, pensais-je ; la chaleur me
remettra.

La diligence de Sfax quitte Sousse le soir
à huit heures ; elle traverse El Djem à une
heure du matin. Nous avions retenu les
places du coupé. Je m'attendais à trouver
une guimbarde inconfortable ; nous étions

au contraire assez commodément installés.
Mais le froid!... Par quelle puérile confiance
à la douceur d'air du Midi, légèrement vêtus
tous deux, n'avions-nous emporté qu'un
châle ? Sitôt sortis de Sousse et de l'abri de
les collines, le vent commença de souffler.
Il faisait de grands bonds sur la plaine, hur-
lait, sifflait, entrait par chaque fente des por-
tières ; rien ne pouvait en préserver. Nous
arrivâmes tout transis, moi, de plus, exténué
par les cahots de la voiture, et par une horrible toux qui me secouait encore plus. Quelle
nuit ! — Arrivés à El Djem, pas d'auberge ;
un affreux bordj en tenait lieu : que faire ? La
diligence repartait. Le village était endormi ;
dans la nuit qui paraissait immense on entrevoyait vaguement la masse lugubre des
ruines ; des chiens hurlaient. Nous rentrâmes
dans une salle terreuse où deux lits miséra-
bles étaient dressés. Marceline tremblait de
froid, mais là du moins le vent ne nous attei-
gnait plus.

Le lendemain fut un jour morne. Nous

fûmes surpris, en sortant, de voir un ciel uni-
formément gris. Le vent soufflait toujours,
mais moins impétueusement que la veille.
La diligence ne devait repasser que le soir...
Ce fut, vous dis-je, un jour lugubre. L'amphithéâtre, en quelques instants parcouru, me
déçut; même il me parut laid, sous ce ciel
terne. Peut-être ma fatigue aidait-elle, aug-
mentait-elle mon ennui; à [illegible], lieu du
jour, par désœuvrement, j'y revins, cherchant
en vain quelques inscriptions sur les pierres.
Marceline, à l'abri du vent, lisait un livre an-
glais qu'elle avait par bonheur emporté. Je
revins m'asseoir auprès d'elle.

— Quel triste jour! Tu ne t'ennuies pas
trop? lui dis-je.

— Non; tu vois: je lis.

— Que sommes-nous venus faire ici? Tu
n'as pas froid, au moins.

— Pas trop. Et toi? C'est vrai! tu es tout pâle.

— Non...

La nuit, le vent reprit sa force... Enfin la
diligence arriva. Nous repartîmes.

Dès les premiers cahots je me sentis brisé.
Marceline, très fatiguée, s'endormit vite sur
mon épaule. Mais ma toux va la réveiller,
pensai-je, et doucement, doucement, me dé-
gageant, je l'inclinai vers la paroi de la voiture. Cependant je ne toussais plus, non :
je crachais ; c'était nouveau ; j'amenais cela
sans effort ; cela venait par petits coups, à
intervalles réguliers ; c'était une sensation si
bizarre que d'abord je m'en amusai presque,
mais je fus bien vite écœuré par le goût in-
connu que cela me laissait dans la bouche.
Mon mouchoir fut vite hors d'usage. Déjà
j'en avais plein les doigts. Vais-je réveiller
Marceline ?... Heureusement je me souvins
d'un grand foulard qu'elle passait à sa ceinture. Je m'en emparai doucement. Les cra-
chats que je ne retins plus vinrent avec plus
d'abondance. J'en étais extraordinairement
soulagé. C'est la fin du rhume, pensais-je.
Soudain je me sentis très faible ; tout se mit
à tourner et je crus que j'allais me trouve
mal. Vais-je la réveiller ?... ah ! fi !... (J'ai

gardé, je crois, de mon enfance puritaine la
haine de tout abandon par faiblesse ; je le
nomme aussitôt lâcheté.) Je me repris, me
cramponnai, finis par maîtriser mon vertige..
Je me crus sur mer de nouveau, et le bruit
des roues devenait le bruit de la lame... Mais
j'avais cessé de cracher.

Puis, je roulai dans une sorte de sommeil.

Quand j'en sortis, le ciel était déjà plein
d'aube ; Marceline dormait encore. Nous
approchions. Le foulard que je tenais à la
main était sombre, de sorte qu'il n'y paraissait rien d'abord ; mais, quand je ressorti
mon mouchoir, je vis avec stupeur qu'il
était plein de sang.

Ma première pensée fut de cacher ce sang
à Marceline. Mais comment ? — J'en étai
tout taché ; j'en voyais partout, à présent
mes doigts surtout... — J'aurai saigné du
nez... C'est cela ; si elle interroge, je lui dira
que j'ai saigné du nez.

Marceline dormait toujours. On arrive

Elle dut descendre d'abord et ne vit rien. On nous avait gardé deux chambres. Je pus m'élancer dans la mienne, laver, faire disparaître le sang. Marceline n'avait rien vu.

Pourtant je me sentais très faible et fis monter du thé pour nous deux. Et tandis qu'elle l'apprêtait, trés calme, un peu pâle elle-même, souriante, une sorte d'irritation me vint de ce qu'elle n'eût rien su voir. Je me sentais injuste, il est vrai, mé disais : si elle n'a rien vu c'est que je cachais bien ; n'importe ; rien n'y fit ; cela grandit en moi comme un instinct, m'envahit... à la fin cela fut trop fort ; je n'y tins plus : comme distraitement je lui dis :

— J'ai craché le sang, cette nuit.

Elle n'eut pas un cri ; simplement elle devint beaucoup plus pâle, chancela, voulut se retenir, et tomba lourdement sur le plancher.

Je m'élançai vers elle avec une sorte de rage : Marceline ! Marceline ! — Allons bon ! qu'ai-je fait ! Ne suffisait-il pas que *moi* je sois malade ? — Mais j'étais, je l'ai dit, très faible ;

peu s'en fallut que je ne me trouvasse mal à mon tour. J'ouvris la porte ; j'appelai ; on accourut.

Dans ma valise se trouvait, je m'en souvins, une lettre d'introduction auprès d'un officier de la ville ; je m'autorisai de ce mot pour envoyer chercher le major.

Marceline cependant s'était remise ; à présent elle était au chevet de mon lit, dans lequel je tremblais de fièvre. Le major arriva, nous examina tous les deux : Marceline n'avait rien, affirma-t-il, et ne se ressentait pas de sa chute ; moi j'étais atteint gravement ; même il ne voulut pas se prononcer et promit de revenir avant le soir.

Il revint, me sourit, me parla et me donna divers remèdes. Je compris qu'il me condamnait. — Vous l'avouerai-je ? Je n'eus pas un sursaut. J'étais las. Je m'abandonnai, simplement. — « Après tout, que m'offrait la vie ? J'avais bien travaillé jusqu'au bout, fait résolument et passionnément mon devoir. Le reste... ah ! que m'importe ? » pensais-je,

en trouvant suffisamment beau **mon stoï-
cisme**. Mais ce dont je souffrais, c'était de la
laideur du lien. « Cette chambre d'hôtel est
affreuse » — et je la regardai. Brusquement,
je songeai qu'à côté, dans une chambre pareille, était ma femme, Marceline ; et je l'entendis qui parlait. Le docteur n'était pas
parti ; il s'entretenait avec elle ; il s'efforçait
de parler bas. — Un peu de temps passa :
je dus dormir...

Quand je me réveillai, Marceline était là.
Je compris qu'elle avait pleuré. Je n'aimais
pas assez la vie pour avoir pitié de moi-
même ; mais la laideur de ce lieu me gênait ;
presque avec volupté **mes yeux se reposaient**
sur **elle**.

A présent, près de moi, elle écrivait. Elle
me paraissait jolie. Je la vis fermer plusieurs
lettres. Puis elle se leva, s'approcha de mon
lit, tendrement prit ma main :

— Comment te sens-tu maintenant ? me
dit-elle. Je souris, lui dis tristement :

— Guérirai-je ? Mais, aussitôt, elle me ré-

pondit : — Tu guériras ! — avec une si pas
sionnée conviction que, presque convaincu
moi-même, j'eus comme un confus senti
ment de tout ce que la vie pouvait être, ou
son amour à elle, la vague vision de si pathé
tiques beautés, — que les larmes jaillirent
de mes yeux et que je pleurai longuement
sans pouvoir ni vouloir m'en défendre.

Par quelle violence d'amour elle put me
faire quitter Sousse ; entouré **de** quels soins
charmants, protégé, secouru, veillé... de
Sousse à Tunis, puis de Tunis à Constan
tine, Marceline fut admirable. C'est
Biskra que je devais guérir. Sa confiance
était parfaite ; son zèle ne retomba pas un
instant. Elle préparait tout, dirigeait les
départs et s'assurait des logements. Elle ne
pouvait faire, hélas ! que ce voyage fût moins
atroce. Je crus plusieurs fois devoir m'arrêt
et finir. Je suais comme un moribond, j'étou
fais, par moments perdais connaissance.
A la fin du troisième jour, j'arrivai à Biskra
comme mort.

Pourquoi parler des premiers jours? Qu'en reste-t-il? Leur affreux souvenir est sans voix. Je ne savais plus ni qui, ni où j'étais. Je revois seulement, au-dessus de mon lit d'agonie, Marceline, ma femme, ma vie, se pencher. Je sais que ses soins passionnés, que son amour seul, me sauvèrent. Un jour enfin, comme un marin perdu qui aperçoit la terre, je sentis qu'une lueur de vie se réveillait; je pus sourire à Marceline. — Pourquoi raconter tout cela? L'important, c'était que la mort m'eût touché, comme l'on dit, de son aile. L'important, c'est qu'il devînt pour moi très étonnant que je vécusse, c'est que le jour devînt pour moi d'une lumière

inespérée. Avant, pensais-je, je ne comprenais
pas que je vivais. Je devais faire de la vie
la palpitante découverte.

Le jour vint où je pus me lever. Je fus
complètement séduit par notre home. Ce
n'était presque qu'une terrasse. Quelle terrasse ! Ma chambre et celle de Marceline y
donnaient ; elle se prolongeait sur des toits.
L'on voyait, lorsqu'on en avait atteint la
partie la plus haute, par-dessus les maisons,
des palmiers ; par-dessus les palmiers, le
désert. L'autre côté de la terrasse touchait
aux jardins de la ville ; les branches des
dernières cassies l'ombrageaient ; enfin elle
longeait la cour, une petite cour régulière,
plantée de six palmiers réguliers, et finissait
à l'escalier qui la reliait à la cour. Ma chambre
était vaste, aérée ; murs blanchis à la chaux,
rien aux murs ; une petite porte menait à la
chambre de Marceline ; une grande porte
vitrée ouvrait sur la terrasse.

Là coulèrent des jours sans heures. Que
de fois, dans ma solitude. j'ai revu ces lentes

ournées !... Marceline est auprès de moi. Elle lit ; elle coud ; elle écrit. Je ne fais rien. Je la regarde. O Marceline ! Marceline !... Je regarde. Je vois le soleil ; je vois l'ombre ; je vois la ligne de l'ombre se déplacer ; j'ai si peu à penser, que je l'observe. Je suis encore très faible ; je respire très mal ; tout me fatigue, même lire ; d'ailleurs que lire ? Etre, m'occupe assez.

Un matin Marceline entre en riant :

— Je t'amène un ami, dit-elle ; et je vois entrer derrière elle un petit Arabe au teint brun. Il s'appelle Bachir, a de grands yeux silencieux qui me regardent. Je suis plutôt un peu gêné, et cette gêne déjà me fatigue ; je ne dis rien, parais fâché. L'enfant, devant la froideur de mon accueil, se déconcerte, se retourne vers Marceline, et, avec un mouvement de grâce animale et câline, se blottit contre elle, lui prend la main, l'embrasse avec un geste qui découvre ses bras nus. Je remarque qu'il est tout nu sous sa mince

gaudourah blanche et sous son burnous r
piécé.

— Allons ! assieds-toi là, dit Marceline q
voit ma gêne. Amuse-toi tranquillement.

Le petit s'assied par terre, sort un cou
teau du capuchon de son burnous, un mor
ceau de djerid, et commence à le tra
vailler. C'est un sifflet, je crois, qu'il veu
faire,

Au bout d'un peu de temps, je ne suis plu
gêné par sa présence. Je le regarde ; il sembl
avoir oublié qu'il est là. Ses pieds sont nus
ses chevilles sont charmantes, et les attache
de ses poignets. Il manie son mauvais contea
avec une amusante adresse... Vraiment, vai
je m'intéresser à cela ?... Ses cheveux soi
rasés à la manière arabe ; il porte une pauvr
chechia qui n'a qu'un trou à la place du gland
La gandourah, un peu tombée, découvre s
mignonne épaule. J'ai le besoin de la tou
cher. Je me penche ; il se retourne et me sou
rit. Je fais signe qu'il doit me passer son sifflet
le prends et feins de l'admirer beaucoup. —

A présent il veut partir. Marceline lui donne un gâteau, moi deux sous.

Le lendemain, pour la première fois, je m'ennuie ; j'attends ; j'attends quoi ? je me sens désœuvré, inquiet. Enfin je n'y tiens plus :

— Bachir ne vient donc pas, ce matin, Marceline ?

— Si tu veux, je vais le chercher.

Elle me laisse, descend ; au bout d'un instant rentre seule. Qu'a fait de moi la maladie ? Je suis triste à pleurer de la voir revenir sans Bachir.

— Il était trop tard, me dit-elle ; les enfants ont quitté l'école et se sont dispersés partout. Il y en a de charmants, sais-tu. Je crois que maintenant tous me connaissent.

— Au moins, tâche qu'il soit là demain.

Le lendemain Bachir revint. Il s'assit comme l'avant-veille, sortit son couteau, voulut tailler un bois trop dur, et fit si bien qu'il s'enfonça la lame dans le pouce. J'eus un frisson d'horreur ; il en rit, montra la coupure brillante et s'amusa de voir couler son sang. Quand il riait, il découvrait des dents très blanches; il lécha plaisamment sa blessure ; sa langue était rose comme celle d'un chat. Ah! qu'il se portait bien! C'était là ce dont je m'éprenais en lui : la santé. La santé de ce petit corps était belle.

Le jour suivant il apporta des billes. Il voulut me faire jouer. Marceline n'était pas là ; elle m'eût retenu. J'hésitai, regardai Bachir; le petit me saisit le bras, me mit les billes dans la main, me força. Je m'essoufflais beaucoup à me baisser, mais j'essayai de jouer quand même. Le plaisir de Bachir me charmait. Enfin je n'en pus plus. J'étais en nage. Je rejetai les billes et me laissai tomber dans un fauteuil. Bachir, un peu troublé, me regardait.

— Malade? dit-il gentiment ; le timbre de sa voix était exquis. Marceline rentra.

— Emmène-le, lui dis-je; je suis fatigué. ce matin.

Quelques heures après j'eus un crachement de sang. C'était comme je marchais péniblement sur la terrasse ; Marceline était occupée dans sa chambre ; heureusement elle n'en put rien voir. J'avais fait, par essoufflement, une aspiration plus profonde, et tout à coup c'était venu. Cela m'avait empli la bouche... Mais ce n'était plus du sang clair comme lors des premiers crachements ; c'était un gros affreux caillot que je crachai par terre avec dégoût.

Je fis quelques pas, chancelant. J'étais horriblement ému. Je tremblais. J'avais peur ; j'étais en colère. — Car jusqu'alors j'avais pensé que, pas à pas, la guérison allait venir et qu'il ne restait qu'à l'attendre. Cet accident brutal venait de me rejeter en arrière. Chose étrange, les premiers crachements ne m'avaient pas fait tant d'effet ; je me souvenais à présent qu'ils m'avaient laissé presque calme. D'où venait donc ma peur, mon horreur, à présent ? C'est que je commençais, hélas ! d'aimer la vie.

Je revins en arrière, me courbai, retrouvai

mon crachat, pris une paille et, soulevant le caillot, le déposai sur mon mouchoir. Je regardai. C'était un vilain sang presque noir, quelque chose de gluant, d'épouvantable... Je songeai au beau sang rutilant de Bachir... Et soudain me prit un désir, une envie, quelque chose de plus furieux, de plus impérieux que tout ce que j'avais ressenti jusqu'alors : vivre ! je veux vivre. Je veux vivre. Je serrai les dents, les poings, me concentrai tout entier éperdument, désolément, dans cet effort vers l'existence.

J'avais reçu la veille une lettre de T*** ; en réponse à d'anxieuses questions de Marceline, elle était pleine de conseils médicaux ; T*** avait même joint à sa lettre quelques brochures de vulgarisation médicale et un livre plus spécial, qui pour cela me parut plus sérieux. J'avais lu négligemment la lettre et point du tout les imprimés ; d'abord parce que la ressemblance de ces brochures avec les petits traités moraux dont on avait agacé mon enfance, ne me disposait pas en leur aveur ; parce qu'aussi tous les conseils m'importunaient ; puis je ne pensais pas que ces « Conseils aux tuberculeux », « Cure pratique de la tuberculose » pussent s'appliquer à mon cas. Je ne me croyais pas tuberculeux. Volontiers j'attribuais ma première hémoptysie à une cause différente ; ou plutôt, à vrai dire, je ne l'attribuais à rien, évitais d'y penser, n'y pensais guère, et me jugeais, sinon guéri, au moins près de l'être... Je lus la lettre ; je dévorai le livre, les traités. Brusquement, avec une évidence effarante, il m'apparut que je ne m'étais pas soigné comme il fallait. Jusqu'alors je m'étais laissé vivre, me fiant au plus vague espoir ; — brusquement ma vie m'apparut attaquée, attaquée atrocement en son centre. Un ennemi nombreux, actif, vivait en moi. Je l'écoutai : je l'épiai ; je le sens. Je ne le vaincrais pas sans lutte... et j'ajoutais à demi-voix, comme pour mieux m'en convaincre moi-même : c'est une affaire de volonté.

Je me mis en état d'hostilité.

Le soir tombait : j'organisai ma stratégie.
Pour un temps, seule ma guérison devait
devenir mon étude ; mon devoir c'était ma
santé ; il fallait juger bon, nommer *Bien*, tout
ce qui m'était salutaire, oublier, repousser
tout ce qui ne guérissait pas. — Avant le repas du soir, pour la respiration, l'exercice,
la nourriture, j'avais pris des résolutions.

Nous prenions nos repas dans une sorte
de petit kiosque que la terrasse enveloppait
de toutes parts. Seuls, tranquilles, loin de
tout, l'intimité de nos repas était charmante.
D'un hôtel voisin, un vieux nègre nous apportait une passable nourriture. Marceline surveillait les menus, commandait un plat, en
repoussait tel autre... N'ayant pas très grand'-
faim d'ordinaire, je ne souffrais pas trop des
plats manqués, ni des menus insuffisants.
Marceline, habituée elle-même à ne pas beaucoup se nourrir, ne savait pas, ne se rendait
pas compte que je ne mangeais pas assez.
Manger beaucoup était, de toutes mes résolutions, la première. Je prétendais la mettre

à exécution dès ce soir. — Je ne pus. Nous avions je ne sais quel salmis immangeable, puis un rôti ridiculement trop cuit.

Mon irritation fut si vive, que, la reportant sur Marceline, je me répandis devant elle en paroles immodérées. Je l'accusai ; il semblait, à m'entendre, qu'elle eût dû se sentir responsable de la mauvaise qualité de ces mets. Ce petit retard au régime que j'avais résolu d'adopter devenait de la plus grave importance ; j'oubliais les jours précédents : ce repas manqué gâtait tout. Je m'entêtai. Marceline dut descendre en ville chercher une conserve, un pâté de n'importe quoi.

Elle revint bientôt avec une petite terrine que je dévorai presque entière, comme pour nous prouver à tous deux combien j'avais besoin de manger plus.

Ce même soir nous arrêtâmes ceci : Les repas seraient beaucoup meilleurs : plus nombreux aussi, un toutes les trois heures ; le premier dès 6 1/2. Une abondante provi-

sion de conserves de toutes sortes suppléerait
les médiocres plats de l'hôtel...

Je ne pus dormir cette nuit, tant le pressen-
timent de mes nouvelles vertus me grisait.
J'avais, je pense, un pen de fièvre ; une bouteille
d'eau minérale était là ; j'en bus un verre,
deux verres ; à la troisième fois, buvant à même,
j'achevai toute la bouteille d'un coup. — Je
repassais ma volonté comme une leçon qu'on
repasse ; j'apprenais mon hostilité, la dirigeais sur toutes choses ; je devais lutter contre
tout : mon salut dépendait de moi seul.

Enfin, je vis la nuit pâlir ; le jour parut.

Ç'avait été ma veillée d'armes.

Le lendemain, c'était dimanche. Je ne
m'étais jusqu'alors pas inquiété, l'avouerai-
je, des croyances de Marceline ; par indifférence ou pudeur, il me semblait que cela ne
me regardait pas ; puis je n'y attachais pas
d'importance. — Ce jour-là Marceline se ren-
dit à la messe. J'appris au retour qu'elle avait
prié pour moi. Je la regardai fixement, puis,
avec le plus de douceur que je pus :

— Il ne faut pas prier pour moi, Marceline.

— Pourquoi? dit-elle, un peu troublée.

— Je n'aime pas les protections.

— Tu repousses l'aide de Dieu?

— Après, il aurait droit à ma reconnaissance. Cela crée des obligations; je n'en veux
pas.

Nous avions l'air de plaisanter, mais ne
nous méprenions nullement sur l'importance
de nos paroles.

— Tu ne guériras pas tout seul, pauvre
ami, soupira-t-elle.

— Alors, tant pis... Puis, voyant sa tristesse, j'ajoutai moins brutalement: Tu m'ai-
deras.

III

Je vais parler longuement de mon corps.
Je vais en parler tant, qu'il vous semblera
tout d'abord que j'oublie la part de l'esprit.
Ma négligence, en ce récit, est volontaire ;
elle était réelle là-bas. Je n'avais pas de force
assez pour entretenir double vie ; l'esprit et
le reste, pensais-je, j'y songerai plus tard,
quand j'irai mieux.

J'étais encore loin d'aller bien. Pour un
rien j'étais en sueur et pour un rien je prenais froid ; j'avais, comme disait Rousseau,
« la courte baleine » ; parfois un peu de
fièvre ; souvent, dès le matin, un sentiment
d'affreuse lassitude, et je restais, alors, prostré
dans un fauteuil, indifférent à tout, égoïste,

m'occupant très uniquement à tâcher de
bien respirer. Je respirais péniblement, avec
méthode, soigneusement ; mes expirations
se faisaient avec deux saccades, que ma volonté surtendue ne pouvait complètement
retenir ; longtemps après encore, je ne les
évitais qu'à force d'attention.

Mais ce dont j'eus le plus à souffrir, ce fut
le ma sensibilité maladive à tout changement de température. Je pense, quand j'y réfléchis aujourd'hui, qu'un trouble nerveux
général s'ajoutait à la maladie ; je ne puis
expliquer autrement une série de phéno-
mènes, irréductibles, me semble-t-il, au
simple état tuberculeux. J'avais toujours ou
trop chaud ou trop froid ; me couvrais aussitôt avec une exagération ridicule, ne cessais de frissonner que pour suer, me découvrais un peu, et frissonnais sitôt que je ne
transpirais plus. Des parties de mon corps
se glaçaient, devenaient, malgré leur sueur,
froides au toucher comme un marbre ; rien
ne les pouvait plus réchauffer. J'étais sen-

sible au froid à ce point qu'un peu d'eau
tombée sur mon pied, lorsque je faisais ma
toilette, m'enrhumait ; sensible au chaud de
même... Je gardai cette sensibilité, la garde
encore, mais, aujourd'hui, c'est pour voluptueusement en jouir. Toute sensibilité très
vive peut, suivant que l'organisme est robuste ou débile, devenir, je le crois, cause
de délice ou de gêne. Tout ce qui me trou-
blait naguère m'est devenu délicieux.

Je ne sais comment j'avais fait jusqu'alors
pour dormir avec les vitres closes ; sur les
conseils de T*** j'essayai donc de les ouvrir
la nuit ; un peu, d'abord ; bientôt je les
poussai toutes grandes ; bientôt ce fut une
habitude, un besoin tel que, dès que la fenêtre était refermée, j'étouffais. Avec quelles
délices plus tard sentirai-je entrer vers moi le
vent des nuits, le clair de lune...

Il me tarde enfin d'en finir avec ces premiers bégaiements de santé. Grâce à des
soins constants en effet, à l'air pur, à la
meilleure nourriture, je ne tardai pas d'aller

mieux. Jusqu'alors, craignant l'essoufflement
de l'escalier, je n'avais pas osé quitter la terrasse ; dans les derniers jours de janvier,
enfin, je descendis, m'aventurai dans le jardin.

Marceline m'accompagnait, portant un
châle. Il était trois heures du soir. Le vent,
souvent violent dans ce pays, et qui
m'avait beaucoup gêné depuis trois jours,
était tombé. La douceur d'air était charmante.

Jardin public... Une très large allée le
coupait, ombragée par deux rangs de cette
espèce de mimosas très hauts qu'on appelle
là-bas des cassies. Des bancs, à l'ombre de
ces arbres. Une rivière canalisée, je veux
dire plus profonde que large, à peu près
droite, longeant l'allée ; puis d'autres canaux
plus petits, divisant l'eau de la rivière, la
menant à travers le jardin, vers les plantes
l'eau lourde est couleur de la terre, couleur
d'argile rose ou grise. Presque pas d'étrangers, quelques Arabes ; ils circulent, et, dès

qu'ils ont quitté le soleil, leur manteau blanc
prend la couleur de l'ombre.

Un singulier frisson me saisit quand j'entrai dans cette ombre étrange ; je m'enve-
loppai de mon châle ; pourtant aucun malaise ; au contraire... Nous nous assîmes sur
un banc. Marceline se taisait. Des Arabes
passèrent ; puis survint une troupe d'enfants. Marceline en connaissait plusieurs et
leur fit signe ; ils s'approchèrent. Elle me
dit des noms ; il y eut des questions, des ré-
pouses, des sourires, des moues, de petits
jeux. Tout cela m'agaçait quelque peu et de
nouveau revint mon malaise ; je me sentis
las et suant. Mais ce qui me gênait, l'avouerai-je, ce n'étaient pas les enfants, c'était elle.
Oui, si peu que ce fût, j'étais gêné par sa
présence. Si je m'étais levé, elle m'aurait
suivi ; si j'avais enlevé mon châle, elle aurait
voulu le porter ; si je l'avais remis ensuite,
elle aurait dit : « Tu n'as pas froid ? » Et
puis, parler aux enfants, je ne l'osais pas devant elle ; je voyais qu'elle avait ses protégés ;

algré moi, mais par parti-pris, moi je
'intéressais aux autres. — Rentrons, lui
s-je ; et je résolus à part moi de retourner
:ul au jardin.

Le lendemain, elle avait à sortir vèrs dix
eures : j'en profitai. Le petit Bachir, qui
1anquait rarement de venir le matin, prit
1on châle ; je me sentais alerte, le cœur
:ger. Nous étions presque seuls dans l'allée ;
: marchais lentement, m'asseyais un ins-
int, repartais. Bachir suivait, bavard ; fidèle
t souple comme un chien. Je parvins à l'en-
roit du canal où viennent laver les la-
cuses ; au milieu du courant une pierre
late est posée ; dessus, une fillette couchée
t le visage penché vers l'eau, la main dans
e courant, y jetait ou y rattrapait des brin-
illes. Ses pieds nus avaient plongé dans
'eau ; ils gardaient de ce bain la trace
umide, et là sa peau paraissait plus foncée.
lachir s'approcha d'elle et lui parla ; elle se
etourna, me sourit, répondit à Bachir en
rabe. — C'est ma sœur, me dit-il ; puis il

m'expliqua que sa mère allait venir laver du
linge, et que sa petite sœur l'attendait. Elle
s'appelait Rhadra, ce qui voulait dire Verte,
en arabe. Il disait tout cela d'une voix charmante, claire, enfantine autant que l'émotion que j'en avais.

— Elle demande que tu lui donnes deux
sous, ajouta-t-il.

Je lui en donnai dix et m'apprêtais à repartir, lorsque arriva la mère, la laveuse.
C'était une femme admirable, pesante, au
grand front tatoué de bleu, qui portait un
panier de linge sur la tête, pareille aux cané-
phores antiques, et comme elles voilée simplement d'une large étoffe bleu sombre qui
se relève à la ceinture et retombe d'un coup
jusqu'aux pieds. — Dès qu'elle vit Bachir,
elle l'apostropha rudement. Il répondit avec
violence; la petite fille s'en mêla; entre eux
trois s'engagea une discussion des plus
vives. Enfin Bachir, comme vaincu, me
fit comprendre que sa mère avait besoin
de lui ce matin; il me tendit mon châle

istement et je dus repartir tout seul.
Je n'eus pas fait vingt pas que mon châle
ie parut d'un poids insupportable; tout en
ieur, je m'assis au premier banc que je
ouvai. J'espérais qu'un enfant surviendrait
ii me déchargerait de ce faix. Celui qui vint
entôt, ce fut un grand garçon de quatorze
is, noir comme un Soudanais, pas timide
i tout, qui s'offrit de lui-même. Il se nom-
ait Ashour. Il m'aurait paru beau s'il
ivait été borgne. Il aimait à causer, m'ap-
it d'où venait la rivière, et qu'après le
rdin public elle fuyait dans l'oasis et le tra-
rsait en entier. Je l'écoutais, oubliant ma
igue. Quelque exquis que me parût Bachir,
le connaissais trop à présent, et j'étais
ureux de changer. Même, je me promis,
autre jour, de descendre tout seul au jar-
i et d'attendre, assis sur un banc, le
sard d'une rencontre heureuse...
Après m'être arrêté plusieurs instants en-
ie, nous arrivâmes, Ashour et moi, devant
i porte. Je désirais l'inviter à monter,

mais n'osai point, ne sachant ce qu'en au
rait dit Marceline.

Je la trouvai dans la salle à manger, occu
pée près d'un enfant très jeune, si maling..
et d'aspect si chétif, que j'eus pour l
d'abord plus de dégoût que de pitié. Un p
craintivement, Marceline me dit :

— Le pauvre petit est malade.

— Ce n'est pas contagieux, au moin;
Qu'est-ce qu'il a ?

— Je ne sais pas encore au juste. Il .
plaint de partout un peu. Il parle assez m
le français ; quand Bachir sera là demain.
lui servira d'interprète... Je lui fais prend
un peu de thé...

Puis, comme pour s'excuser, et parce q
je restais là, moi, sans rien dire :

— Voilà longtemps, ajouta-t-elle, que
le connais ; je n'avais pas encore osé le fai
venir ; je craignais de te fatiguer, ou peut-êt
de te déplaire.

— Pourquoi donc. m'écriai-je, amène
tous les enfants que tu veux, si ça t'amus

t ie songeai, m'irritant un peu de ne l'avoir
oint fait, que j'aurais fort bien pu faire
ionter Ashour.

Je regardais ma femme cependant; elle
ait maternelle et caressante. Sa tendresse
ait si touchante que le petit partit bien-
it tout réchauffé. — Je parlai de ma pro-
ienade et fis comprendre sans rudesse à
Iarceline pourquoi je préférais sortir seul.

Mes nuits à l'ordinaire étaient encore cou-
ées de sursauts qui m'éveillaient glacé ou
rempé de sueur. Cette nuit fut très bonne
t presque sans réveils. Le lendemain matin
'étais prêt à sortir dès neuf heures. Il faisait
eau; je me sentais bien reposé, point faible,
oyeux, ou plutôt amusé. L'air était calme et
iède, mais je pris mon châle pourtant,
omme prétexte à lier connaissance avec ce-
ui qui me le porterait. J'ai dit que le jardin
ouchait notre terrasse; j'y fus donc aussitôt.
'entrai avec ravissement dans son ombre.
'air était lumineux. Les cassies, dont les
leurs viennent très tôt avant les feuilles, em-

baumaient — à moins que ne vînt de partout cette sorte d'odeur légère inconnue qui me semblait entrer en moi par plusieurs sens et m'exaltait. Je respirais plus aisément d'ailleurs ; ma marche en était plus légère ; pourtant au premier banc je m'assis, mais plus grisé, plus étourdi que las. Je regardai. L'ombre était mobile et légère ; elle ne tombait pas sur le sol, et semblait à peine y poser. O ! lumière ! — J'écoutai. Qu'entendis-je ? Rien ; tout ; je m'amusais de chaque bruit. — Je me souviens d'un arbuste, dont l'écorce, de loin, me parut de consistance si bizarre que je dus me lever pour aller la palper. Je la touchai comme on caresse ; j'y trouvais un ravissement. Je me souviens... Etait-ce enfin ce matin-là que j'allais naître ?

J'avais oublié que j'étais seul, n'attendais rien, oubliais l'heure. Il me semblait avoir jusqu'à ce jour si peu senti pour tant penser, que je m'étonnais à la fin de ceci : ma sensation devenait aussi forte qu'une pensée.

Je dis : il me semblait — car du fond du
assé de ma première enfance se réveillaient
nfin mille lueurs, de mille sensations éga-
ées. La conscience que je prenais à nouveau
e mes sens m'en permettait l'inquiète re-
onnaissance. Oui, mes sens, réveillés dé-
ormais, se retrouvaient toute une histoire,
e recomposaient un passé. Ils vivaient !
s vivaient ! n'avaient jamais cessé de vivre,
e découvraient, même à travers mes ans
l'étude, une vie latente et rusée.

Je ne fis aucune rencontre ce jour-là, et
'en fus aise ; je sortis de ma poche un petit
Iomère que je n'avais pas rouvert depuis
uon départ de Marseille, relus trois phrases
e l'Odyssée, les appris, puis, trouvant un
liment suffisant dans leur rythme et m'en
électant à loisir, fermai le livre et demeu-
ai, tremblant, plus vivant que je n'aurais
ru qu'on pût être, et l'esprit engourdi de
onheur...

IV

Marceline, cependant, qui voyait avec joie ma santé enfin revenir, commençait depuis quelques jours à me parler des merveilleux vergers de l'oasis. Elle aimait le grand air et la marche. La liberté que lui valait ma maladie lui permettait de longues courses dont elle revenait éblouie ; jusqu'alors elle n'en parlait guère, n'osant m'inciter à l'y suivre et craignant de me voir m'attrister au récit de plaisirs dont je n'aurais pu jouir déjà. Mais, à présent que j'allais mieux, elle comptait sur leur attrait pour achever de me remettre. Le goût que je reprenais à marcher et à regarder m'y portait. Et dès le lendemain nous sortîmes ensemble.

Elle me précéda dans un chemin bizarre et tel que dans aucun pays je n'en vis jamais de pareil. Entre deux assez hauts murs de terre il circule comme indolemment ; les formes des jardins que ces hauts murs limitent, l'inclinent à loisir ; il se courbe ou brise sa ligne ; dès l'entrée un détour vous perd ; on ne sait plus ni d'où l'on vient, ni où l'on va. L'eau fidèle de la rivière suit le sentier, longe un des murs ; les murs sont faits avec la terre même de la route, celle de l'oasis entière, une argile rosâtre ou gris tendre, que l'eau rend un peu plus foncée, que le soleil ardent craquelle et qui durcit à la chaleur, mais qui mollit dès la première averse et forme alors un sol plastique où les pieds nus restent inscrits. — Par-dessus les murs, des palmiers. A notre approche, des tourterelles y volèrent. — Marceline me regardait.

J'oubliais ma fatigue et ma gêne. Je marchais dans une sorte d'extase, d'allégresse silencieuse, d'exaltation des sens et de la chair. A ce moment, des souffles légers s'éle-

vèrent ; toutes les palmes s'agitèrent et nou[s]
vîmes les palmiers les plus hauts s'incliner
— puis l'air entier redevint calme, et j'en
tendis distinctement, derrière le mur, u[n]
chant de flûte. — Une brèche au mur ; nou[s]
entrâmes.

C'était un lieu plein d'ombre et de lu
mière ; tranquille, et qui semblait comme
l'abri du temps ; plein de silences et de fré
missements, bruit léger de l'eau qui s'écoule
abreuve les palmiers, et d'arbre en arbre fuit
appel discret des tourterelles, chant de flût[e]
dont un enfant jouait. Il gardait un troupea[u]
de chèvres ; il était assis, presque nu, sur l[e]
tronc d'un palmier abattu ; il ne se troubl[a]
pas à notre approche, ne s'enfuit pas, n[e]
cessa qu'un instant de jouer.

Je m'aperçus, durant ce court silence
qu'une autre flûte au loin répondait. Nou[s]
avançâmes encore un peu, puis :

— Inutile d'aller plus loin, dit Marceline
ces vergers se ressemblent tous ; à peine
au bout de l'oasis, deviennent-ils un pe[u]

plus vastes... Elle étendit le châle à terre :

— Repose-toi.

Combien de temps nous y restâmes ? je ne sais plus ; — qu'importait l'heure ? Marceline était près de moi ; je m'étendis, posai sur ses genoux ma tête. Le chant de flûte coulait encore, cessait par instants, reprenait ; le bruit de l'eau... Par instants une chèvre bêlait. Je fermai les yeux ; je sentis se poser sur mon front la main fraîche de Marceline ; je sentais le soleil ardent doucement tamisé par les palmes ; je ne pensais à rien ; qu'importait la pensée ? je sentais extraordinairement...

Et par instants, un bruit nouveau ; j'ouvrais les yeux ; c'était le vent léger dans les palmes ; il ne descendait pas jusqu'à nous, n'agitait que les palmes hautes...

Le lendemain matin, dans ce même jardin je revins avec Marceline ; le soir du même jour j'y allai seul. Le chevrier qui jouait de la flûte était là. Je m'approchai de

lui, lui parlai. Il se nommait Lassif, n'avait
que douze ans, était beau. Il me dit le nom
de ses chèvres, me dit que les canaux s'ap-
pellent *séghias*; toutes ne coulent pas tous
les jours, m'apprit-il; l'eau, sagement et
parcimonieusement répartie, satisfait à la
soif des plantes, puis leur est aussitôt retirée.
Au pied de chacun des palmiers un étroit
bassin est creusé qui tient l'eau pour abreu-
ver l'arbre; un ingénieux système d'écluses
que l'enfant, en les faisant jouer, m'expliqua, maîtrise l'eau, l'amène où la soif est
trop grande.

Le jour suivant je vis un frère de Lassif,
il était un peu plus âgé, moins beau; il se
nommait Lachmi. A l'aide de la sorte
d'échelle que fait le long du fût la cicatrice
des anciennes palmes coupées, il grimpa
tout au haut d'un palmier étété; puis des-
cendit agilement, laissant, sous son manteau
flottant, voir une nudité dorée. Il rapportait
du haut de l'arbre, dont on avait fauché la
cime, une petite gourde de terre: elle était

appendue là-haut, près de la récente blessure, pour recueillir la sève du palmier dont
on fait un vin doux qui plaît fort aux Arabes.
Sur l'invite de Lachmi j'y goûtai; mais ce
goût fade, âpre et sirupeux me déplut.

Les jours suivants j'allai plus loin; je vis
d'autres jardins, d'autres bergers et d'autres
chèvres. Ainsi que Marceline l'avait dit, ces
jardins étaient tous pareils; et pourtant
chacun différait.

Parfois Marceline m'accompagnait encore;
mais, plus souvent, dès l'entrée des vergers,
je la quittais, lui persuadant que j'étais las,
que je voulais m'asseoir, qu'elle ne devait
pas m'attendre, car elle avait besoin de
marcher plus; de sorte qu'elle achevait sans
moi la promenade. — Je restais auprès des
enfants. Bientôt j'en connus un grand nombre; je causais avec eux longuement; j'apprenais leurs jeux, leur en indiquais d'autres,
perdais au *bouchon* tous mes sous. Certains
m'accompagnaient au loin (chaque jour
j'allongeais mes marches), m'indiquaient

pour rentrer, un passage nouveau, se char-
geaient de mon manteau et de mon châle
quand parfois j'emportais les deux ; avant
de les quitter je leur distribuais des pié-
cettes ; parfois ils me suivaient, toujours
jouant, jusqu'à ma porte ; parfois enfin ils
la passèrent.

Puis Marceline en amena de son côté.
Elle amenait ceux de l'école, qu'elle encourageait au travail ; à la sortie des classes,
les sages et les doux montaient ; ceux que
moi j'amenais étaient autres ; mais des jeux
les réunissaient. Nous eûmes soin d'avoir
toujours prêts des sirops et des friandises.
Bientôt d'autres vinrent d'eux-mêmes,
même plus invités par nous. Je me souviens
de chacun d'eux ; je les revois...

Vers la fin de janvier, le temps se gâta
brusquement ; un vent froid se mit à souffler
et ma santé aussitôt s'en ressentit. Le grand
espace découvert, qui sépare l'oasis de la
ville, me redevint infranchissable, et je dus

de nouveau me contenter du jardin public.
Puis il plut; une pluie glacée, qui tout à
l'horizon, au Nord, couvrit de neige les
montagnes.

Je passai ces tristes jours près du feu,
morne, luttant rageusement contre la maladie qui, par ce mauvais temps, triomphait.
Jours lugubres : je ne pouvais lire ni travailler ; le moindre effort amenait des trans-
pirations incommodes ; fixer mon attention
m'exténuait ; dès que je ne veillais pas à soigneusement respirer, j'étouffais.

Les enfants, durant ces tristes jours, furent
pour moi la seule distraction possible. Par
la pluie, seuls les très familiers entraient ;
leurs vêtements étaient trempés ; ils s'as-
seyaient devant le feu, en cercle. De longs
temps se passaient sans rien dire. J'étais trop
fatigué, trop souffrant pour autre chose que
les regarder ; mais la présence de leur santé
me guérissait. Ceux que Marceline choyait
étaient faibles, chétifs, et trop sages ; je m'irritai contre elle et contre eux et finalement

les repoussai. A vrai dire, ils me faisaient
peur.

Un matin j'eus une curieuse révélation sur
moi-même : Moktir, le seul des protégés de
ma femme qui ne m'irritât point (peut-être
parce qu'il était beau), était seul avec moi
dans ma chambre ; jusqu'alors je l'aimais
médiocrement, mais son regard brillant et
sombre m'intriguait. Une curiosité que je
ne m'expliquais pas bien me faisait surveiller
ses gestes. J'étais debout auprès du feu, les
deux coudes sur la cheminée, devant un
livre, et je paraissais absorbé, mais pouvais
voir se refléter dans la glace les mouvements
de l'enfant à qui je tournais le dos. Moktir
ne se savait pas observé et me croyait plongé
dans la lecture. Je le vis s'approcher sans
bruit d'une table où Marceline avait posé,
près d'un ouvrage, une paire de petits ciseaux, s'en emparer furtivement, et d'un
coup les engouffrer dans son burnous. Mon
cœur battit avec force un instant, mais les
plus sages raisonnements ne purent faire

aboutir en moi le moindre sentiment de révolte. Bien plus ! je ne parvins pas à me prouver que le sentiment qui m'emplit alors fût autre chose que de la joie. — Quand j'eus laissé à Moktir tout le temps de me bien voler, je me tournai de nouveau vers lui et lui parlai comme si rien ne s'était passé. — Marceline aimait beaucoup cet enfant ; pourtant ce ne fut pas, je crois, la peur de la peiner qui me fit, quand je la revis, plutôt que dénoncer Moktir, imaginer je ne sais quelle fable pour expliquer la perte des ciseaux. — A partir de ce jour, Moktir devint mon préféré.

Notre séjour à Biskra ne devait pas se
prolonger longtemps encore. Les pluies de
février passées, la chaleur éclata trop forte.
Après plusieurs pénibles jours, que nous
avions vécus sous l'averse, un matin, brusquement, je me réveillai dans l'azur. Sitôt
levé je courus à la terrasse la plus haute. Le
ciel, d'un horizon à l'autre, était pur. Sous
le soleil, ardent déjà, des buées s'élevaient ;
l'oasis fumait tout entière ; on entendait
gronder au loin l'Oued débordé. L'air était
si pur et si beau qu'aussitôt je me sentis
aller mieux. Marceline vint ; nous voulûmes
sortir, mais la boue ce jour-là nous retint.

Quelques jours après nous rentrions au

verger de Lassif, les tiges semblaient lourdes, molles et gonflées d'eau. Cette terre africaine, dont je ne connaissais pas l'attente, submergée durant de longs jours, à présent s'éveillait de l'hiver, ivre d'eau, éclatant de sèves nouvelles; elle riait d'un printemps forcené dont je sentais le retentissement et comme le double en moi-même. Ashour et Moktir nous accompagnèrent d'abord; je savourais encore leur légère amitié qui ne coûtait qu'un demi-franc par jour; mais bientôt, lassé d'eux, n'étant plus moi-même si faible que j'eusse encore besoin de l'exemple de leur santé et ne trouvant plus dans leurs jeux l'aliment qu'il fallait pour ma joie, je retournai vers Marceline l'exaltation de mon esprit et de mes sens. A la joie qu'elle en eut, je m'aperçus qu'avant elle était restée triste. Je m'excusai comme un enfant de l'avoir souvent délaissée, mis sur le compte de ma faiblesse mon humeur fuyante et bizarre, affirmai que jusqu'à présent j'avais été trop las pour aimer, mais que je sentirais

désormais croître avec ma santé mon amour.
Je disais vrai ; mais sans doute j'étais bien
faible encore, car ce ne fut que plus d'un
mois après que je désirai Marceline.

Chaque jour cependant augmentait la
chaleur. Rien ne nous retenait à Biskra —
que ce charme qui devait m'y rappeler ensuite. Notre résolution de partir fut subite.
En trois heures nos paquets furent prêts.
Le train partait le lendemain à l'aube...

Je me souviens de la dernière nuit. La
lune était à peu près pleine ; par ma fenêtre
grande ouverte elle entrait en plein dans
ma chambre. Marceline dormait, je pense.
J'étais couché, mais ne pouvais dormir. Je
me sentais brûler d'une sorte de fièvre heureuse, qui n'était autre que la vie... Je me
levai, trempai dans l'eau mes mains et mon
visage, puis, poussant la porte vitrée, je
sortis.

Il était tard déjà ; pas un bruit ; pas un
souffle ; l'air même paraissait endormi. A

peine, au loin, entendait-on les chiens
arabes, qui, comme des chacals, glapissent
tout le long de la nuit. Devant moi, la petite
cour ; la muraille, en face de moi, y portait
un pan d'ombre oblique ; les palmiers réguliers, sans plus de couleur ni de vie, semblaient immobilisés pour toujours... Mais
on retrouve dans le sommeil encore une
palpitation de vie, — ici rien ne semblait
dormir ; tout semblait mort. Je m'épou-
vantai de ce calme ; et brusquement m'envahit de nouveau, comme pour protester,
s'affirmer, se désoler dans le silence, le sentiment tragique de ma vie, si violent, douloureux presque, et si impétueux que j'en
aurais crié, si j'avais pu crier comme les
bêtes. Je pris ma main, je me souviens, ma
main gauche dans ma main droite ; je voulus
la porter à ma tête et le fis. Pourquoi ? pour
m'affirmer que je vivais et trouver cela
admirable. Je touchai mon front, mes paupières. Un frisson me saisit. Un jour viendra
— pensai-je, — un jour viendra où même

pour porter à mes lèvres, même l'eau don
j'aurai le plus soif, je n'aurai plus assez d
forces... Je rentrai, mais ne me recoucha
pas encore; je voulais fixer cette nuit, ei
imposer le souvenir à ma pensée, la retenir
indécis de ce que je ferais, je pris un livr
sur ma table, — la Bible, — la laissai s'ouvri
au hasard; penché dans la clarté de la lun
je pouvais lire; je lus ces mots du Christ à
Pierre, ces mots, hélas! que je ne devai
plus oublier : Maintenant tu te ceins toi
même et tu vas où tu veux aller; mai
quand tu seras vieux, tu étendras les mains...
tu étendras les mains...

Le lendemain, à l'aube, nous partîmes.

Je ne parlerai pas de chaque étape du
voyage. Certaines n'ont laissé qu'un souvenir confus; ma santé, tantôt meilleure et
tantôt pire, chancelait encore au vent froid,
s'inquiétait de l'ombre d'un nuage, et mon
état nerveux amenait des troubles fréquents;
mais mes poumons du moins se guéris-
saient. Chaque rechute était moins longue
et sérieuse; son attaque était aussi vive,
mais mon corps devenait contre elle mieux
armé.

Nous avions, de Tunis, gagné Malte, puis
Syracuse; je rentrais sur la classique terre
dont le langage et le passé m'étaient connus.
Depuis le début de mon mal, j'avais vécu

sans examen, sans loi, m'appliquant simpl
ment à vivre, comme fait l'animal ou l'e
fant. Moins absorbé par le mal à préser
ma vie redevenait certaine et conscien
Après cette longue agonie, j'avais cru r
naître le même et rattacher bientôt mon pr
sent au passé ; en pleine nouveauté d'u
terre inconnue je pouvais ainsi m'abuser ; i
plus ; tout m'y apprenait ce qui me surpr
nait encore : j'étais changé.

Quand, à Syracuse et plus loin, je voul
reprendre mes études, me replonger comm
jadis dans l'examen minutieux du passé,
découvris que quelque chose en avait, po
moi, sinon supprimé, du moins modifié
goût ; c'était le sentiment du présent. L'h
toire du passé prenait maintenant à m
yeux cette immobilité, cette fixité terrifiar
des ombres nocturnes dans la petite cour
Biskra, l'immobilité de la mort. Avant je r
plaisais à cette fixité même qui permettait
précision de mon esprit ; tous les faits
l'histoire m'apparaissaient comme les piè

d'un musée, ou mieux les plantes d'un herbier, dont la sécheresse définitive m'aidât à oublier qu'un jour, riches de sève, elles avaient vécu sous le soleil. A présent, si je pouvais me plaire encore dans l'histoire, c'était en l'imaginant au présent. Les grands faits politiques devaient donc m'émouvoir beaucoup moins que l'émotion renaissante en moi des poètes, ou de certains hommes d'action. A Syracuse je relus Théocrite, et songeai que ses bergers au beau nom étaient ceux mêmes que j'avais aimés à Biskra.

Mon érudition qui s'éveillait à chaque pas m'encombrait, empêchant ma joie. Je ne pouvais voir un théâtre grec, un temple, sans aussitôt le reconstruire abstraitement. A chaque fête antique, la ruine qui restait en son lieu me faisait me désoler qu'elle fût morte ; et j'avais horreur de la mort.

J'en vins à fuir les ruines ; à préférer aux plus beaux monuments du passé ces jardins bas qu'on appelle les Latomies, où les citrons ont l'acide douceur des oranges, et les rives de la Cyané qui, dans les papyrus, coule encore aussi bleue que le jour où ce fut pour pleurer Proserpine.

J'en vins à mépriser en moi cette science qui d'abord faisait mon orgueil; ces études, qui d'abord étaient toute ma vie, ne me paraissaient plus avoir qu'un rapport tout accidentel et conventionnel avec moi. Je me découvrais autre et j'existais, ô joie! en dehors d'elles. En tant que spécialiste, je m'apparus stupide. En tant qu'homme, me connaissais-je? je naissais seulement à peine et ne pouvais déjà savoir qui je naissais. Voilà ce qu'il fallait apprendre.

Rien de plus tragique, pour qui crut y mourir, qu'une lente convalescence. Après que l'aile de la mort a touché, ce qui paraissait important ne l'est plus; d'autres choses le sont, qui ne paraissaient pas importantes, ou qu'on ne savait même pas exister. L'amas sur notre esprit de toutes connaissances acquises s'écaille comme un fard et, par places, laisse voir à nu la chair même, l'être authentique qui se cachait.

Ce fut dès lors *celui* que je prétendis découvrir : l'être authentique, le « vieil homme », celui dont ne voulait plus l'Evangile ; celui que tout, autour de moi, livres, maîtres, parents, et que moi-même avions tâché d'abord de supprimer. Et il m'apparaissait déjà, grâce aux surcharges, plus fruste et difficile à découvrir mais d'autant plus utile à découvrir et valeureux. Je méprisai dès lors cet être secondaire, appris, que l'instruction avait dessiné par-dessus. Il fallait secouer ces surcharges.

Et je me comparais aux palimpsestes ; je goûtais la joie du savant, qui, sous les écritures plus récentes, découvre sur un même papier un texte très ancien infiniment plus précieux. Quel était-il, ce texte occulté ? Pour le lire, ne fallait-il pas tout d'abord effacer les textes récents ?

Aussi bien n'étais-je plus l'être malingre et studieux à qui ma morale précédente,

toute rigide et restrictive, convenait. Il y
avait ici plus qu'une convalescence ; il y avait
une augmentation, une recrudescence de vie,
l'afflux d'un sang plus riche et plus chaud
qui devait toucher mes pensées, les toucher
une à une, pénétrer tout, émouvoir, colorer
les plus lointaines, délicates et secrètes fibres
de mon être. Car, robustesse ou faiblesse,
on s'y fait ; l'être, selon les forces qu'il a, se
compose ; mais, qu'elles augmentent, qu'elles
permettent de pouvoir plus, et... Toutes ces
pensées je ne les avais pas alors, et ma
peinture ici me fausse. A vrai dire, je ne
pensais point, ne m'examinais point ; une
fatalité heureuse me guidait. Je craignais
qu'un regard trop hâtif ne vînt à déranger
le mystère de ma lente transformation. Il
fallait laisser le temps, aux caractères effacés,
de reparaître, ne pas chercher à les former.

— Laissant donc mon cerveau, non pas à
l'abandon, mais en jachère, je me livrai voluptueusement à moi-même, aux choses, au
tout, qui me parut divin. Nous avions quitté

yracuse et je courais sur la route esca. pee
ui joint Taormine à La Môle, criant, pour
appeler en moi : Un nouvel être ! Un nouvel
tre !

Mon seul effort, effort constant alors, était
lonc de systématiquement honnir ou supprimer tout ce que je croyais ne devoir qu'à
mon instruction passée et à ma première
morale. Par dédain résolu pour ma science,
par mépris pour mes goûts de savant, je re-
fusai de voir Agrigente, et quelques jours
plus tard, sur la route qui mène à Naples, je
ne m'arrêtai point près du beau temple de
Pœstum où respire encore la Grèce, et où
j'allai, deux ans après, prier je ne sais plus
quel dieu.

Que parlé-je d'unique effort ? Pouvais-je
m'intéresser à moi, sinon comme à un être
perfectible ? Cette perfection inconnue et que
j'imaginais confusément, jamais ma volonté
n'avait été plus exaltée que pour y tendre ;
j'employais cette volonté tout entière à for-
tifier mon corps, à le bronzer. Près de Sa-

lerne, quittant la côte, nous avions gagné Ravello. Là, l'air plus vif, l'attrait des rocs pleins de retraits et de surprises, la profondeur inconnue des vallons, aidant à ma force, à ma joie, favorisèrent mon élan.

Plus rapproché du ciel qu'écarté du rivage, Ravello, sur une abrupte hauteur, fait face à la lointaine et plate rive de Pœstum. C'était, sous la domination normande, une cité presque importante ; ce n'est plus qu'un étroit village où nous étions, je crois, seuls étrangers. Une ancienne maison religieuse, à présent transformée en hôtel, nous hébergea ; sise à l'extrémité du roc, ses terrasses et son jardin semblaient surplomber dans l'azur. Après le mur chargé de pampres, on ne voyait d'abord rien que la mer ; il fallait s'approcher du mur pour pouvoir suivre le dévalement cultivé qui, par des escaliers plus que par des sentiers, joignait Ravello au rivage. Au-dessus de Ravello, la montagne continuait. Des oliviers, des caroubiers énormes ; à leur ombre des cyclamens ; plus haut, des châtaigniers en grand nombre, un air frais, des plantes du nord ; plus bas, des citronniers près de la mer. Ils sont rangés par petites cultures que motive la pente du sol ; ce sont jardins en escalier, presque pareils ; une étroite allée, au milieu, d'un bout à l'autre les traverse ; on y entre sans bruit, en voleur. On rêve, sous cette ombre verte ; le feuillage est épais, pesant ; pas un rayon franc ne pénètre ; comme des gouttes de cire épaisse, les citrons pendent, parfumés ; dans l'ombre ils sont blancs et verdâtres ; ils sont à portée de la main, de la soif ; ils sont doux, âcres ; ils rafraîchissent.

L'ombre était si dense, sous eux, que je n'osais m'y arrêter après la marche qui me faisait encore transpirer. Pourtant les escaliers ne m'exténuaient plus ; je m'exerçais à les gravir la bouche close ; j'espaçais toujours plus mes haltes, me disais : j'irai jusque-là sans faiblir ; puis, arrivé au but, trouvant dans mon orgueil content ma récompense, je respirais longuement, puissamment, et de

façon qu'il me semblât sentir l'air pénétrer
plus efficacement ma poitrine. Je reportais à
tous ces soins du corps mon assiduité de naguère. Je progressais.

Je m'étonnais parfois que ma santé revînt
si vite. J'en arrivais à croire que je m'étais
d'abord exagéré la gravité de mon état ; à
douter que j'eusse été très malade, à rire de
mon sang craché, à regretter que ma guérison ne fût pas demeurée plus ardue.

Je m'étais soigné d'abord fort sottement,
ignorant les besoins de mon corps. J'en fis
la patiente étude et devins, quant à la pru-
dence et aux soins, d'une ingéniosité si constante que je m'y amusai comme à un jeu. Ce
dont encore je souffrais le plus, c'était ma
sensibilité maladive au moindre changement
de la température. J'attribuais, à présent que
mes poumons étaient guéris, cette hyperes-
thésie à ma débilité nerveuse, reliquat de la
maladie. Je résolus de vaincre cela. La vue
des belles peaux hâlées et comme pénétrées
de soleil, que montraient, en travaillant aux

champs, la veste ouverte, quelques paysans débraillés, m'incitait à me laisser hâler de même. Un matin, m'étant mis à nu, je me regardai ; la vue de mes trop maigres bras, de mes épaules, que les plus grands efforts ne pouvaient rejeter suffisamment en arrière, mais surtout la blancheur, ou plutôt la décoloration de ma peau, m'emplit et de honte et de larmes. Je me rhabillai vite, et, au lieu de descendre vers Amalfi, comme j'avais accoutumé de faire, me dirigeai vers des rochers couverts d'herbe rase et de mousse, loin des habitations, loin des routes, où je savais ne pouvoir être vu. Arrivé là, je me dévêtis lentement. L'air était presque vif, mais le soleil ardent. J'offris tout mon corps à sa flamme. Je m'assis, me couchai, me tournai. Je sentais sous moi le sol dur ; l'agitation des herbes folles me frôlait. Bien qu'à l'abri du vent, je frémissais et palpitais à chaque souffle. Bientôt m'enveloppa une cuisson délicieuse ; tout mon être affluait vers ma peau.

Nous demeurâmes à Ravello quinze jours ; chaque matin je retournais vers ces rochers, faisais ma cure. Bientôt l'excès de vêtement dont je me recouvrais encore devint gênant et superflu ; mon épiderme tonifié cessa de transpirer sans cesse et sut se protéger par sa propre chaleur.

Le matin d'un des derniers jours (nous étions au milieu d'avril) j'osai plus. Dans une anfractuosité des rochers dont je parle, une source claire coulait. Elle retombait ici même en cascade, assez peu abondante, il est vrai, mais elle avait creusé sous la cascade un bassin plus profond où l'eau très pure s'attardait. Par trois fois j'y étais venu, m'étais penché, m'étais étendu sur la berge, plein de soif et plein de désirs ; j'avais contemplé longuement le fond de roc poli, où l'on ne découvrait pas une salissure, pas une herbe, où le soleil, en vibrant et en se diaprant, pénétrait. Ce quatrième jour, j'avançai, résolu d'avance, jusqu'à l'eau plus claire que jamais, et, sans plus réfléchir, m'y plongeai

l'un coup tout entier. Vite transi, je quittai
l'eau, m'étendis sur l'herbe, au soleil. Là,
les menthes croissaient, odorantes ; j'en
cueillis, j'en froissai les feuilles, j'en frottai
tout mon corps humide mais brûlant. Je me
regardai longuement, sans plus de honte aucune, avec joie. Je me trouvais, non pas robuste encore, mais pouvant l'être, harmo-
nieux, sensuel, presque beau.

Ainsi me contentais-je pour toute action
tout travail, d'exercices physiques qui, certes
impliquaient ma morale changée, mais qu
ne m'apparaissaient déjà plus que comm
un entraînement, un moyen, et ne me satis
faisaient plus pour eux-mêmes.

Un autre acte pourtant, à vos yeux ridicul
peut-être, mais que je redirai, car il précis
en sa puérilité le besoin qui me tourmentai
de manifester au dehors l'intime changemen
de mon être : A Amalfi, je m'étais fait raser

Jusqu'à ce jour j'avais porté toute m:
barbe, avec les cheveux presque ras. Il n
me venait pas à l'idée qu'aussl bien j'aurai
pu porter une coiffure différente. Et, brus

quement, le jour où je me mis pour la première fois nu sur la roche, cette barbe me
gêna ; c'était comme un dernier vêtement
que je n'aurais pu dépouiller ; je la sentais
comme postiche ; elle était soigneusement
taillée, non pas en pointe, mais en une forme
carrée, qui me parut aussitôt très déplaisante
et ridicule. Rentré dans la chambre d'hôtel,
je me regardai dans la glace et me déplus ;
j'avais l'air de ce que j'avais été jusqu'alors :
un chartiste. Sitôt après le déjeuner, je descendis à Amalfi, ma résolution prise. La ville
est très petite : je dus me contenter d'une
vulgaire échoppe sur la place. C'était jour de
marché ; la boutique était pleine ; je dus
attendre interminablement ; mais rien, ni les
rasoirs douteux, le blaireau jaune, l'odeur,
les propos du barbier, ne put me faire recu-
ler. Sentant sous les ciseaux tomber ma
barbe, c'était comme si j'enlevais un masque.
N'importe ! quand, après, je m'apparus, l'é-
motion qui m'emplit et que je réprimai de
mon mieux, ne fut pas la joie, mais la peur.

Je ne discute pas ce sentiment ; je le constate. Je trouvais mes traits assez beaux... non, la peur venait de ce qu'il me semblait qu'on voyait à nu ma pensée et de ce que, soudain, elle me paraissait redoutable.

Par contre, je laissai pousser mes cheveux.

Voilà tout ce que mon être neuf, encore désœuvré, trouvait à faire. Je pensais qu'il naîtrait de lui des actes étonnants pour moi-même ; mais plus tard ; plus tard, me disais-je, — quand l'être serait plus formé. Forcé de vivre en attendant, je conservais, comme Descartes, une façon provisoire d'agir. Marceline ainsi put s'y tromper. Le changement de mon regard, il est vrai, et, surtout le jour où j'apparus sans barbe, l'expression nouvelle de mes traits, l'auraient inquiétée peut-être, mais elle m'aimait trop déjà pour me bien voir ; puis je la rassurais de mon mieux. Il importait qu'elle ne troublât pas ma renaissance ; pour la soustraire à ses regards, je devais donc dissimuler.

Aussi bien celui que Marceline aimait,

elui qu'elle avait épousé, ce n'était pas mon nouvel être ». Et je me redisais cela, pour m'exciter à le cacher. Ainsi ne lui livrai-je de moi qu'une image qui, pour être constante et fidèle au passé, devenait de jour en jour plus fausse.

Mes rapports avec Marceline demeurèrent donc, en attendant, les mêmes — quoique plus exaltés de jour en jour, par un toujours plus grand amour. Ma dissimulation même si l'on peut appeler ainsi le besoin de préserver de son jugement ma pensée), ma dissimulation l'augmentait. Je veux dire que ce jeu m'occupait de Marceline sans cesse. Peut-être cette contrainte au mensonge me coûta-t-elle un peu d'abord ; mais j'arrivai vite à comprendre que les choses réputées les pires (le mensonge, pour ne citer que celle-là) ne sont difficiles à faire que tant qu'on ne les a jamais faites ; mais qu'elles deviennent chacune, et très vite, aisées, plaisantes, douces à refaire, et bientôt comme naturelles. Ainsi donc, comme à chaque chose pour laquelle un premier dégoût est vaincu, je finis par trouver plaisir à cette dissimulation même, à m'y attarder, comme au jeu de mes facultés inconnues. Et j'avançais chaque jour, dans une vie plus riche et plus pleine, vers un plus savoureux bonheur.

La route de Ravello à Sorrente est si belle que je ne souhaitais ce matin rien voir de plus beau sur la terre. L'âpreté chaude de la roche, l'abondance de l'air, les senteurs, la limpidité, tout m'emplissait du charme adorable de vivre et me suffisait à ce point que rien d'autre qu'une joie légère ne semblait habiter en moi ; souvenirs ou regrets, espérance ou désir, avenir et passé se taisaient ; je ne connaissais plus de la vie que ce qu'en apportait, en emportait l'instant. — O joie physique ! m'écriais-je ; rythme sûr de mes muscles ! santé !...

J'étais parti de grand matin, précédant Marceline dont la trop calme joie eût tempéré la mienne, comme son pas eût alenti le mien. Elle me rejoindrait en voiture, à Positano, où nous devions déjeuner.

J'approchais de Positano lorsqu'un bruit de roues, formant basse à un chant bizarre, me fit tout à coup retourner. Et d'abord je ne pus rien voir, à cause d'un tournant de la route qui borde en cet endroit la falaise; puis brusquement une voiture surgit, à l'allure désordonnée ; c'était celle de Marceline. Le cocher chantait à tue-tête, faisait de grands gestes, se dressait debout sur son siège, fouettait férocement le cheval affolé. Quelle brute ! Il passa devant moi qui n'eus que le temps de me ranger, n'arrêta pas à mon appel... Je m'élançai : mais la voiture allait trop vite. Je tremblais à la fois et d'en voir sauter brusquement Marceline, et de l'y voir rester ; un sursaut du cheval pouvait la précipiter dans la mer... Soudain le cheval s'abat. Marceline descend, veut fuir ; mais déjà je suis auprès d'elle. Le cocher sitôt qu'il me voit m'accueille avec d'horribles jurons.

J'étais furieux contre cet homme ; à sa première insulte je m'élançai et brutalement le jetai bas de son siège. Je roulai par terre avec lui, mais ne perdis pas l'avantage ; il semblait étourdi par sa chute, et bientôt le fut plus encore par un coup de poing que je lui allongeai en plein visage quand je vis qu'il voulait me mordre. Pourtant je ne le lâchai point, pesant du genou sur sa poitrine et tâchant de maîtriser ses bras. Je regardais sa figure hideuse que mon poing venait d'enlaidir davantage ; il crachait, bavait, saignait, jurait, ah ! l'horrible être ! Vrai ! l'étrangler paraissait légitime — et peut-être l'eussé-je fait... du moins je m'en sentis capable ; et je crois bien que seule l'idée de la police m'arrêta.

Je parvins, non sans peine, à ligoter solidement l'enragé. Comme un sac je le jetai dans la voiture.

Ah ! quels regards après, et quels baisers nous échangeâmes. Le danger n'avait pas été grand ; mais j'avais dû montrer ma force,

et cela pour la protéger. Il m'avait aussitôt
semblé que je pourrais donner ma vie pour
elle... et la donner toute avec joie... Le cheval s'était relevé. Laissant le fond de la voiture à l'ivrogne, nous montâmes sur le siège
tous deux, et, conduisant tant bien que mal,
pûmes gagner Positano, puis Sorrente.

Ce fut cette nuit-là que je possédai Marceline.

Avez-vous bien compris ou dois-je vous
redire que j'étais comme neuf aux choses de
l'amour? Peut-être est-ce à sa nouveauté
que notre nuit de noces dut sa grâce... Car il
me semble, à m'en souvenir aujourd'hui,
que cette première nuit fut la seule, tant
l'attente et la surprise de l'amour ajoutaient à
la volupté de délices, — tant une seule nuit
suffit au plus grand amour pour se dire, et
tant mon souvenir s'obstine à me la rappeler
uniquement. Ce fut un rire d'un moment,
où nos âmes se confondirent... Mais je crois
qu'il est un point de l'amour, unique, et que
l'âme plus tard, ah! cherche en vain à dé-

passer ; que l'effort qu'elle fait pour ressusciter son bonheur, l'use ; que rien n'empêche le bonheur comme le souvénir du bonheur. Hélas ! je me souviens de cette nuit...

Notre hôtel était hors la ville, entouré de jardins, de vergers ; un très large balcon prolongeait notre chambre ; des branches le frôlaient. L'aube entra librement par notre croisée grande ouverte. Je me soulevai doucement, et tendrement je me penchai sur Marceline. Elle dormait ; elle semblait sourire en dormant. Il me sembla, d'être plus fort, que je la sentais plus délicate, et que sa grâce était une fragilité. De tumultueuses pensées vinrent tourbillonner en ma tête. Je songeai qu'elle ne mentait pas, disant que j'étais tout pour elle ; puis aussitôt : « Qu'est-ce que je fais donc pour sa joie ? Presque tout le jour et chaque jour je l'abandonne ; elle attend tout de moi, et moi je la délaisse !... ah ! pauvre, pauvre Marceline !... » Des larmes emplirent mes yeux. En vain cherchai-je en ma débilité passée comme une

excuse ; qu'avais-je affaire maintenant de
soins constants et d'égoïsme ? n'étais-je pas
plus fort qu'elle à présent ?...

Le sourire avait quitté ses joues ; l'aurore,
malgré qu'elle dorât chaque chose, me la fit
voir soudain triste et pâle ; — et peut-être
l'approche du matin me disposait-elle à l'angoisse : « Devrai-je un jour, à mon tour, te
soigner? m'inquiéter pour toi, Marceline ? »
m'écriai-je au dedans de moi. Je frissonnai ;
et, tout transi d'amour, de pitié, de tendresse,
je posai doucement entre ses yeux fermés le
plus tendre, le plus amoureux et le plus pieux
des baisers.

R

Les quelques jours que nous vécûmes à
Sorrente furent des jours souriants et très
calmes. Avais-je jamais goûté tel repos, tel
bonheur? En goûterais-je pareil désormais?..
J'étais près de Marceline sans cesse ; m'occupant moins de moi, je m'occupais plus d'elle
et trouvais à causer avec elle la joie que je
prenais les jours précédents à me taire.

Je pus être étonné d'abord de sentir que
notre vie errante, où je prétendais me satis-
faire pleinement, ne lui plaisait que comme
un état provisoire ; mais tout aussitôt le désœuvrement de cette vie m'apparut ; j'accep
tai qu'elle n'eût qu'un temps et pour la pre
mière fois, un désir de travail renaissant de

l'inoccupation même où me laissait enfin
ma santé rétablie — je parlai sérieusement
de retour ; à la joie qu'en montra Marceline,
je compris qu'elle y songeait depuis longtemps.

Cependant les quelques travaux d'histoire auxquels je recommençais de songer
n'avaient plus pour moi même goût. Je vous
l'ai dit : depuis ma maladie, la connaissance
abstraite et neutre du passé me semblait
vaine, et si naguère j'avais pu m'occuper à
des recherches philologiques, m'attachant
par exemple à préciser la part de l'influence
gothique dans la déformation de la langue
latine, et négligeant, méconnaissant les fi-
gures de Théodoric, de Cassiodore, d'Amalasonthe et leurs passions admirables pour ne
m'exalter plus que sur des signes et sur le
résidu de leur vie, à présent ces mêmes
signes, et la philologie tout entière, ne
m'étaient plus que comme un moyen de pénétrer mieux dans ce dont la sauvage gran-
deur et la noblesse m'apparurent. Je résolus

de m'occuper de cette époque davantage, de me limiter pour un temps aux dernières années de l'empire des Goths, et de mettre à profit notre prochain passage à Ravenne, théâtre de son agonie.

Mais, l'avouerai-je, la figure du jeune roi Athalaric était ce qui m'y attirait le plus. J'imaginais cet enfant de quinze ans, sourdement excité par les Goths, se révolter contre sa mère Amalasonthe, regimber contre son éducation latine, rejeter la culture comme un cheval entier fait un harnais gênant, et, préférant la société des Goths impolicés à celle du trop sage et vieux Cassiodore, goûter quelques années, avec de rudes favoris de son âge, une vie violente, voluptueuse et débridée, pour mourir à dix-huit ans, tout gâté, soûlé de débauches. Je retrouvais dans ce tragique élan vers un état plus sauvage et intact quelque chose de ce que Marceline appelait en souriant « ma crise ». Je cherchais un contentement à y appliquer au moins mon esprit, puisque je n'y occupais pins mon corps ; et, dans la mort affreuse d'Athalaric, je me persuadais de mon mieux qu'il fallait lire une leçon.

Avant Ravenne, où nous nous attarderions donc quinze jours, nous verrions rapidement Rome et Florence, puis, laissant Venise et Vérone, brusquerions la fin du voyage pour ne nous arrêter plus qu'à Paris. Je trouvais un plaisir tout neuf à parler d'avenir avec Marceline ; une certaine indécision restait encore au sujet de l'emploi de l'été ; las de voyages l'un et l'autre, nous voulions ne pas repartir ; je souhaitais pour mes études la plus grande tranquillité ; et nous pensâmes à une propriété de rapport entre Lisieux et Pont-L'Evêque, en la plus verte Normandie, — propriété que possédait jadis ma mère, où j'avais avec elle passé quelques étés de mon enfance, mais où depuis sa mort je n'étais pas retourné. Mon père en avait confié l'entretien et la surveillance à un garde, âgé maintenant, qui touchait pour lui puis nous envoyait régulièrement les fer-

ages. Une grande et très agréable maison,
ans un jardin coupé d'eaux vives, m'avait
laissé des souvenirs enchantés ; on l'appelait
a Morinière ; il me semblait qu'il ferait bon
demeurer.

L'hiver prochain, je parlais de le passer à
Rome — en travailleur, non plus en voyageur cette fois... Mais ce dernier projet fut
vite renversé : dans l'important courrier qui,
depuis longtemps, nous attendait à Naples,
une lettre m'apprenait brusquement que, se
trouvant vacante une chaire au Collège de
France, mon nom avait été plusieurs fois
prononcé ; ce n'était qu'une suppléance,
mais qui précisément, pour l'avenir, me
laisserait une plus grande liberté ; l'ami qui
m'instruisait de ceci m'indiquait, si je voulais bien accepter, quelques faciles démar-
ches à faire, — et me pressait fort d'accepter.
J'hésitai, voyant surtout d'abord un escla-
vage ; puis songeai qu'il pourrait être intéressant d'exposer, en un cours, mes travaux sur
Cassiodore... le plaisir que j'allais faire à

Marceline, en fin de compte, me décida. Et,
sitôt ma décision prise, je n'en vis plus que
l'avantage.

Dans le monde savant de Rome et de Florence, mon père entretenait diverses relations avec qui j'étais moi-même entré en
correspondance. Elles me donnèrent tous
moyens de faire les recherches que je voudrais, à Ravenne et ailleurs ; je ne songeais
plus qu'au travail. Marceline s'ingéniait à le
favoriser par mille soins charmants et mille
prévenances.

Notre bonheur, durant cette fin de voyage,
fut si égal, si calme, que je n'en peux rien
raconter. Les plus belles œuvres des hommes
sont obstinément douloureuses. Que serait
le récit du bonheur ? Rien que ce qui le pré-
pare, puis ce qui le détruit, se raconte. — Et
je vous ai dit maintenant tout ce qui l'avait
préparé.

DEUXIÈME PARTIE

Nous arrivâmes à la Morinière dans les premiers jours de juillet, ne nous étant arrêtés à Paris que le temps strictement nécessaire pour nos approvisionnements et pour quelques rares visites.

La Morinière, je vous l'ai dit, est située entre Lisieux et Pont-L'Evêque, dans le pays le plus ombreux, le plus mouillé que je connaisse. De multiples vallonnements, étroits et mollement courbés, aboutissent non loin de la très large vallée d'Auge qui s'aplanit d'un coup jusqu'à la mer. Nul horizon; des bois taillis pleins de mystère; quelques champs, mais des prés surtout, des pacages aux molles pentes, dont l'herbe épaisse est deux fois l'an fauchée, où des pommiers nombreux, quand le soleil est bas, joignent leur ombre, où paissent de libres troupeaux; dans chaque creux, de l'eau, étang, mare ou rivière; on entend des ruissellements continus.

Ah! comme je reconnus bien la maison! ses toits bleus, ses murs de briques et de pierre, ses douves, les reflets dans les dormantes eaux... C'était une vieille maison où l'on aurait logé plus de douze; Marceline, trois domestiques, moi-même parfois y aidant, nous avions fort à faire d'en animer une partie. Notre vieux garde, qui se nommait Bocage, avait déjà fait apprêter de son mieux quelques pièces : de leur sommeil de vingt années les vieux meubles se réveillèrent; tout était resté tel que mon souvenir le voyait, les lambris point trop délabrés, les chambres aisément habitables. Pour mieux nous accueillir, Bocage avait rempli de fleurs tous les vases qu'il avait trouvés. Il avait fait sarcler, ratisser la grand'cour et du parc les plus proches allées. La maison, quand nous arrivâmes, recevait le dernier rayon du soleil, et de la vallée devant elle une immobile brume était montée qui voilait et qui révélait la rivière. Dès avant d'arriver, je reconnus soudain l'odeur de l'herbe; et quand j'entendis de nouveau tourner autour de la maison les cris aigus des hirondelles, tout le passé soudain se souleva, comme s'il m'attendait et, me reconnaissant, voulait se refermer sur mon approche.

Au bout de quelques jours, la maison devint à peu près confortable; j'aurais pu me mettre au travail; je tardais, écoutant encore se rappeler à moi minutieusement mon passé, puis bientôt occupé par une émotion trop nouvelle : Marceline, une semaine après notre arrivée, me confia qu'elle était enceinte.

Il me sembla dès lors que je lui dusse des soins nouveaux, qu'elle eût droit à plus de tendresse ; tout au moins dans les premiers temps qui suivirent sa confidence je passai donc près d'elle presque tous les moments du jour. Nous allions nous asseoir prés du bois, sur le banc où jadis j'allais m'asseoir avec ma mére ; là, plus voluptueusement se présentait à nous chaque instant, plus insensiblement coulait l'heure. De cette époque de ma vie, si nul souvenir distinct ne se détache, ce n'est point que j'en garde une moins vive reconnaissance — mais bien parce que tout s'y mêlait, s'y fondait en un uniforme bien-être, où le soir s'unissait au matin sans saccade, où les jours se liaient sans surprises aux jours.

Je repris lentement mon travail, l'esprit calme, dispos, sûr de sa force, regardant le futur avec confiance et sans fièvre, la volonté comme adoucie, et comme écoutant le conseil de cette terre tempérée.

Nul doute, pensais-je, que l'exemple de

cette terre, où tout s'apprête au fruit, à l'utile moisson, ne doive avoir sur moi la plus excellente influence. J'admirais quel tranquille avenir promettaient ces robustes bœufs, ces vaches pleines dans ces opulentes prairies. Les pommiers en ordre plantés aux favorables penchants des collines annonçaient cet été des récoltes superbes ; je rêvais sous quelle riche charge de fruits allaient bientôt ployer leurs branches. De cette abondance ordonnée, de cet asservissement joyeux, de ces souriantes cultures, une harmonie s'établissait, non plus fortuite mais dictée, un rythme, une beauté tout à la fois humaine et naturelle, où l'on ne savait plus ce que l'on admirait, tant étaient confondus en une très parfaite entente l'éclatement fécond de la libre nature, l'effort savant de l'homme pour la régler. Que serait cet effort, pensais-je, sans la puissante sauvagerie qu'il domine ? Que serait le sauvage élan de cette sève débordante sans l'intelligent effort qui l'endigue et l'amène en riant

au luxe? — Et je me laissais rêver à telles
terres où toutes forces fussent si bien ré-
glées, toutes dépenses si compensées, tous
échanges si stricts, que le moindre déchet
devînt sensible; puis, appliquant mon rêve
à la vie, je me construisais une éthique qui
devenait une science de la parfaite utilisa-
tion de soi par une intelligente contrainte.

Où s'enfonçaient, où se cachaient alors
mes turbulences de la veille? Il semblait,
tant j'étais calme, qu'elles n'eussent jamais
été. Le flot de mon amour les avait recou-
vertes toutes...

Cependant le vieux Bocage autour de nous
faisait du zèle; il dirigeait, surveillait, con-
seillait; on sentait à l'excès son besoin de se
paraître indispensable. Pour ne pas le déso-
bliger, il fallut examiner ses comptes, écouter tout au long ses explications infinies.
Cela même ne lui suffit point; je dus l'accompagner sur les terres. Sa sentencieuse
prud'homie, ses continuels discours, l'évi-
dante satisfaction de lui-même, la montre

qu'il faisait de son honnêteté, au bout de peu de temps m'exaspérèrent ; il devenait de plus en plus pressant, et tous moyens m'eussent parus bons, pour reconquérir mes aises — lorsqu'un événement inattendu vint donner à mes relations avec lui un caractère différent : Bocage, un certain soir, m'annonça qu'il attendait pour le lendemain son fils Charles.

— Je dis : ah ! presque indifférent, ne m'étant, jusqu'alors, pas beaucoup soucié des enfants que pouvait bien avoir Bocage ; puis, voyant que mon indifférence l'affectait, qu'il attendait de moi quelque marque d'intérêt et de surprise :

— Où donc était-il à présent ? demandai-je.

— Dans une ferme modèle, près d'Alençon, répondit Bocage.

— Il doit bien avoir, à présent près de... continuai-je, supputant l'âge de ce fils dont j'avais ignoré jusqu'alors l'existence, et parlant assez lentement pour lui laisser le temps de m'interrompre...

— Dix-sept ans passés, reprit Bocage. Il n'avait pas beaucoup plus de quatre ans quand Madame votre mère est morte. Ah ! c'est un grand gars maintenant ; bientôt il en saura plus que son père... Et Bocage une fois lancé, rien ne pouvait plus l'arrêter, si visible que je fisse paraître ma lassitude.

Le lendemain je ne pensais plus à cela, quand Charles, vers la fin du jour, frais arrivé, vint présenter à Marceline et à moi ses respects. C'était un beau gaillard, si riche de santé, si souple, si bien fait, que les affreux habits de ville qu'il avait mis en notre honneur ne parvenaient pas à le rendre trop ridicule ; à peine sa timidité ajoutait-elle encore à sa belle rougeur naturelle. Il semblait n'avoir que quinze ans, tant la couleur de son regard était demeurée enfantine ; il s'exprimait bien clairement, sans fausse honte, et, contrairement à son père, ne parlait pas pour ne rien dire. Je ne sais plus quels propos nous échangeâmes ce premier soir ; occupé de le regarder, je ne trouvais rien à lui dire et laissais Marceline lui parler. Mais le jour suivant, pour la première fois je n'attendis pas que le vieux Bocage vînt me prendre pour monter, sur la ferme, où je savais qu'étaient commencés des travaux.

Il s'agissait de réparer une mare. Cette mare, grande comme un étang, fuyait ; on connaissait le lieu de cette fuite et l'on devait le cimenter. Il fallait pour cela commencer par vider la mare, ce qu'on n'avait pas fait depuis quinze ans. Carpes et tanches y abondaient, quelques-unes très grosses, qui ne quittaient plus les bas-fonds. J'étais désireux d'en acclimater dans les eaux des douves et d'en donner aux ouvriers, de sorte que la partie de plaisir d'une pêche s'ajoutait cette fois au travail, ainsi que l'annonçait l'extraordinaire animation de la ferme ; quelques enfants des environs étaient venus, s'étaient mêlés aux travailleurs. Marceline elle-même devait un peu plus tard nous rejoindre.

L'eau baissait depuis longtemps déjà
quand j'arrivai. Parfois un grand frémisse-
ment en ridait soudain la surface, et les dos
bruns des poissons inquiets transparais-
saient. Dans les flaques du bord, des enfants
pataugeurs capturaient un fretin brillant
qu'ils jetaient dans des seaux pleins d'eau
claire. L'eau de la mare, que l'émoi des poissons achevait de troubler, était terreuse et
d'instants en instants plus opaque. Les
poissons abondaient au delà de toute espérance ; quatre valets de ferme en ramenaient
en plongeant la main au hasard. Je regrettais que Marceline se fît attendre et je me
décidais à courir la chercher lorsque quelques cris annoncèrent les premières an-
guilles. On ne réussissait pas à les prendre ;
elles glissaient entre les doigts. Charles, qui
jusqu'alors était resté près de son père sur
la rive, n'y tint plus ; il ôta brusquement ses
souliers, ses chaussettes, mit bas sa veste et
son gilet, puis, relevant très haut son panta-
lon et les manches de sa chemise, il entra

dans la vase résolument. Tout aussitôt je l'imitai.

— Eh bien! Charles! criai-je, avez-vous bien fait de revenir hier?

Il ne répondit rien, mais me regarda tout riant, déjà fort occupé à sa pêche. Je l'appelai bientôt pour m'aider à cerner une grosse anguille; nous unissions nos mains pour la saisir... Puis, après celle-là, ce fut une autre; la vase nous éclaboussait au visage; parfois on enfonçait brusquement et l'eau nous montait jusqu'aux cuisses; nous fûmes bientôt tout trempés. A peine dans l'ardeur du jeu échangions-nous quelques cris, quelques phrases; mais, à la fin du jour, je m'aperçus que je tutoyais Charles, sans bien savoir quand j'avais commencé. Cette action commune nous en avait appris plus l'un sur l'autre que n'aurait pu le faire une longue conversation. Marceline n'était pas encore venue et ne vint pas, mais déjà je ne regrettais plus son absence; il me semblait qu'elle eût un peu gêné notre joie.

Dès le lendemain je sortis retrouver Charles sur la ferme. Nous nous dirigeâmes tous deux vers les bois.

Moi qui connaissais mal mes terres et m'inquiétais peu de ne les pas connaître, je fus fort étonné de voir que Charles les connaissait fort bien, ainsi que les répartitions des fermages; il m'apprit, ce dont je me doutais à peine, que j'avais six fermiers, que j'eusse pu toucher seize à dix-huit mille francs des fermages, et que si j'en touchais à grand'peine la moitié c'est que presque tout s'absorbait en réparations de toutes sortes et en paiement d'intermédiaires. Certains sourires qu'il avait en examinant les cultures me firent bientôt douter que l'exploitation de mes terres fût aussi excellente que j'avais pu le croire d'abord et que me le donnait à entendre Bocage; je poussai Charles sur ce sujet, et cette intelligence toute pratique, qui m'exaspérait en Bocage, en cet enfant sut m'amuser. Nous reprimes jour après jour nos promenades; la pro-

priété était vaste, et quand nous eûmes bien
fouillé tous les coins, nous recommençâmes
avec plus de méthode. Charles ne me dissi-
mula point l'irritation que lui causait la vue
de certains champs mal cultivés, d'espaces
pris de genets, de chardons, d'herbes sures ;
il sut me faire partager cette haine pour la
jachère et rêver avec lui de cultures mieux
ordonnées.

— Mais, lui disais-je d'abord, de ce médiocre entretien, qui en souffre ? Le fermier
tout seul, n'est-ce pas ? Le rapport de sa
ferme, s'il varie, ne fait pas varier le prix
d'affermage.

Et Charles s'irritait un peu : — Vous n'y
connaissez rien, se permettait-il de répondre
— et je souriais aussitôt. — Ne considérant
que le revenu, vous ne voulez pas remarquer
que le capital se détériore. Vos terres, à être
imparfaitement cultivées, perdent lentement
leur valeur.

— Si elles pouvaient, mieux cultivées, rapporter plus, je doute que le fermier ne s'y

attelle ; je le sais trop intéressé pour ne pas
récolter tant qu'il peut.

— Vous comptez, continuait Charles, sans
l'augmentation de main-d'œuvre. Ces terres
sont parfois loin des fermes. A être cultivées
elles ne rapporteraient rien ou presque, mais
au moins ne s'abîmeraient pas...

Et la conversation continuait. Parfois pendant une heure et tout en arpentant les
champs nous semblions ressasser les mêmes
choses ; mais j'écoutais et, petit à petit, m'ins-
truisais.

— Après tout, cela regarde ton père, lui
dis-je un jour, impatienté. Charles rougit un
peu :

— Mon père est vieux, dit-il ; il a déjà
beaucoup à faire de veiller à l'exécution des
baux, à l'entretien des bâtiments, à la bonne
rentrée des fermages. Sa mission ici n'est pas
de réformer.

— Quelles réformes proposerais tu, toi ?
continuais-je. Mais alors il se dérobait, pré-
tendait ne pas s'y connaître ; ce n'est qu'à

force d'insistances que je le contraignais
à s'expliquer :

— Enlever aux fermiers toutes terres qu'ils
laissent incultivées, finissait-il par conseiller.
Si les fermiers laissent une partie de leurs
champs en jachère, c'est preuve qu'ils ont
trop du tout pour vous payer; ou s'ils pré-
tendent garder tout, hausser le prix de leurs
fermages. — Ils sont tous paresseux, dans
ce pays, ajoutait-il.

Des six fermes que je me trouvais avoir,
celle où je me rendais le plus volontiers était
située sur la colline qui dominait la Morinière; on l'appelait La Valterie; le fermier
qui l'occupait n'était pas déplaisant; je causais avec lui volontiers. Plus près de la Morinière, une ferme dite « la ferme du Château » était louée à demi par un système de
demi-métayage qui laissait Bocage, à défaut
du propriétaire absent, possesseur d'une
partie du bétail. A présent que la défiance
était née, je commençais à soupçonner l'honnête Bocage lui-même, sinon de me duper,

du moins de me laisser duper par plusieurs.
On me réservait, il est vrai, une écurie et une
étable, mais il me parut bientôt qu'elles
n'étaient inventées que pour permettre au
fermier de nourrir ses vaches et ses chevaux
avec mon avoine et mon foin. J'avais écouté
bénévolement jusqu'alors les plus invraisem-
blables nouvelles que Bocage, de temps à
autre, m'en donnait : mortalités, malforma-
tions et maladies, j'acceptais tout. Qu'il suffît
qu'une des vaches du fermier tombât malade
pour devenir une de mes vaches, je n'avais
pas encore pensé que cela fût possible ; ni
qu'il suffît qu'une de mes vaches allât très bien
pour devenir vache du fermier ; cependant
quelques remarques imprudentes de Charles,
quelques observations personnelles com-
mencèrent à m'éclairer ; puis mon esprit une
fois averti alla vite.

Marceline avertie par moi vérifia minutieusement tous les comptes, mais n'y put relever aucune erreur ; l'honnêteté de Bocage s'y
réfugiait. — Que faire ? — Laisser faire. —

Mais au moins, sourdement irrité, surveillai-e à présent les bêtes, sans pourtant trop le laisser voir.

J'avais quatre chevaux et dix vaches ; c'était assez pour bien me tourmenter. De mes quatre chevaux, il en était un qu'on nommait encore « le poulain », malgré qu'il eût trois ans passés ; on s'occupait alors de le dresser ; je commençais à m'y intéresser lorsqu'un beau jour on vint me déclarer qu'il était parfaitement intraitable, qu'on n'en pourrait jamais rien faire et que le mieux était de m'en débarrasser. Comme si j'en eusse voulu douter, on l'avait fait briser le devant d'une petite charrette et s'y ensanglanter les jarrets.

J'eus, ce jour-là, peine à garder mon calme, et ce qui me retint ce fut la gêne de Bocage. Après tout, il y avait chez lui plus de faiblesse que de mauvais vouloir, pensai-je, la faute en est aux serviteurs ; mais ils ne se sentent pas dirigés.

Je sortis dans la cour, voir le poulain. Dès

qu'il m'entendit approcher, un serviteur qui
le frappait le caressa ; je fis comme si je n'avais
rien vu. Je ne connaissais pas grand'chose
aux chevaux, mais ce poulain me semblait
beau ; c'était un demi-sang bai clair, aux
formes remarquablement élancées ; il avait
l'œil très vif, la crinière ainsi que la queue
presque blonde. Je m'assurai qu'il n'était pas
blessé, exigeai qu'on pansât ses écorchures
et repartis sans ajouter un mot.

Le soir, dès que je revis Charles, je tâchai
de savoir ce que lui pensait du poulain.

— Je le crois très doux, me dit-il ; mais ils
ne savent pas s'y prendre ; ils vous le rendront
enragé.

— Comment t'y prendrais-tu, toi ?

— Monsieur veut-il me le confier pour huit
jours ? J'en réponds.

— Et que lui feras-tu ?

— Vous verrez...

Le lendemain Charles emmena le poulain
dans un recoin de prairie qu'ombrageait un
noyer superbe et que contournait la rivière ;

je m'y rendis accompagné de Marceline. C'est
un de mes plus vifs souvenirs. Charles avait
attaché le poulain, par une corde de quelques
mètres, à un pieu solidement fiché dans le
sol. Le poulain, trop verveux, s'était, paraît-
il, fougueusement débattu quelque temps ; à
présent, assagi, lassé, il tournait en rond
d'une façon plus calme ; son trot, d'une élas-
ticité surprenante, était aimable à regarder
et séduisait comme une danse. Charles, au
centre du cercle, évitant à chaque tour la
corde d'un saut brusque, l'excitait ou le cal-
mait de la parole ; il tenait à la main un
grand fouet, mais je ne le vis pas s'en servir.
Tout, dans son air et dans ses gestes, par sa
jeunesse et par sa joie, donnait à ce travail
le bel aspect fervent du plaisir. Brusquement
et je ne sais comment, il enfourcha la bête ;
elle avait ralenti son allure, puis s'était arrê-
tée ; il l'avait caressée un peu, puis soudain
je le vis à cheval, sûr de lui, se maintenant
à peine à la crinière, riant, penché, prolon-
geant sa caresse. A peine le poulain avait-il

un instant regimbé ; à présent il reprenait so:
trot égal, si beau, si souple, que j'enviai
Charles et le lui dis.

— Encore quelques jours de dressage et la
selle ne le chatouillera plus ; dans deux se
maines, Madame elle-même osera le monter :
il sera doux comme une agnelle.

Il disait vrai ; quelques jours après, le che
val se laissa caresser, habiller, mener, sans
défiance ; et Marceline même l'eût monté si
son état lui eût permis cet exercice.

— Monsieur devrait bien l'essayer, me dit
Charles.

C'est ce que je n'eusse jamais fait seul ;
mais Charles proposa de seller pour lui-même
un autre cheval de la ferme ; le plaisir de
l'accompagner m'emporta.

Que je fus reconnaissant à ma mère de
m'avoir conduit au manège durant ma première jeunesse ! Le lointain souvenir de ces
premières leçons me servit. Je ne me sentis
pas trop étonné d'être à cheval ; au bout de
peu d'instants j'étais sans crainte aucune et à

mon aise. Le cheval que montait Charles
était plus lourd, sans race, mais point dé-
sagréable à voir; surtout, Charles le montait bien. Nous prîmes l'habitude de sortir
un peu chaque jour; de préférence nous
partions de grand matin, dans l'herbe claire
de rosée; nous gagnions la limite des bois;
des coudres ruisselants, secoués au passage,
nous trempaient; l'horizon tout à coup s'ouvrait; c'était la vaste vallée d'Auge; au loin
on soupçonnait la mer. Nous restions un
instant, sans descendre; le soleil naissant
colorait, écartait, dispersait les brumes; puis
nous repartions au grand trot; nous nous
attardions sur la ferme; le travail commençait à peine; nous savourions cette joie
fière, de précéder et de dominer les travailleurs; puis brusquement nous les quit-
tions; je rentrais à la Morinière, au moment
que Marceline se levait.

Je rentrais ivre d'air, étourdi de vitesse,
les membres engourdis un peu d'une voluptueuse lassitude, l'esprit plein de santé,

d'appétit, de fraîcheur. Marceline approuvait, encourageait ma fantaisie. En rentrant, encore tout guêtré, j'apportais vers le lit où elle s'attardait à m'attendre une odeur de feuilles mouillées qui lui plaisait, me disait-elle. Et elle m'écoutait raconter notre course, l'éveil des champs, le recommencement du travail... Elle prenait autant de joie, semblait-il, à me sentir vivre, qu'à vivre. — Bientôt de cette joie aussi j'abusai ; nos promenades s'allongèrent, et parfois je ne rentrais plus que vers midi.

Cependant je réservais de mon mieux la fin du jour et la soirée à la préparation de mon cours. Mon travail avançait ; j'en étais satisfait et ne considérais pas comme impossible qu'il valût la peine plus tard de réunir mes leçons en volume. Par une sorte de réaction naturelle, tandis que ma vie s'ordonnait, se réglait et que je me plaisais autour de moi à régler et à ordonner toutes choses, je m'éprenais de plus en plus de l'éthique fruste des Goths, et tandis qu'au long de mon cours je m'occupais, avec une hardiesse que l'on me reprocha suffisamment dans la suite, d'exalter l'inculture et d'en dresser l'apologie, je m'ingéniais laborieusement à dominer sinon à supprimer tout ce qui la pouvait rappeler autour de moi comme en moi-même. Cette sagesse, ou bien cette folie, jusqu'où ne la poussai-je pas ?

Deux de mes fermiers, dont le bail expirait à la Noël, désireux de le renouveler, vinrent me trouver ; il s'agissait de signer, selon l'usage, la feuille dite « promesse de bail ». Fort des assurances de Charles, excité par ses conversations quotidiennes, j'attendais résolument les fermiers. Eux, forts de ce qu'un fermier se remplace malaisément, réclamèrent d'abord une diminution de loyer. Leur stupeur fut d'autant plus grande lorsque je leur lus les « promesses » que j'avais rédigées moi-même, où non seulement je me refusais à baisser le prix des fermages, mais encore leur retirais certaines pièces de terre dont je prétendais qu'ils ne faisaient aucun

usage. Ils feignirent d'abord de le prendre en
riant : Je plaisantais. Qu'avais-je à faire de ces
terres ? Elles ne valaient rien ; et s'ils n'en
faisaient rien, c'était qu'on n'en pouvait rien
faire... Puis, voyant mon sérieux, ils s'obsti-
nèrent ; je m'obstinai de mon côté. Ils crurent
m'effrayer en me menaçant de partir. Moi
qui n'attendais que ce mot :

— Eh ! partez donc si vous voulez ! Je ne
vous retiens pas, leur dis-je. Je pris les promesses de bail et les déchirai devant eux.

Je restai donc, avec plus de cent hectares
sur les bras. Depuis quelque temps déjà je
projetais d'en confier la haute direction à
Bocage, pensant bien qu'indirectement c'est
à Charles que je la donnais ; je prétendais
aussi m'en occuper beaucoup moi-même ;
d'ailleurs je ne réfléchis guère : le risque
même de l'entreprise me tentait. Les fermiers
ne délogeaient qu'à la Noël ; d'ici là nous
pouvions bien nous retourner. Je prévins
Charles ; sa joie aussitôt me déplut ; il ne put
la dissimuler ; elle me fit sentir encore plus

sa beaucoup trop grande jeunesse. Le temps pressait déjà ; nous étions à cette époque de l'année où les premières récoltes laissent libres les champs pour les premiers labours. Par une convention établie, les travaux du fermier sortant et ceux du nouveau se côtoient, le premier abandonnant son bien pièce après pièce et sitôt les moissons rentrées. Je redoutais, comme une sorte de vengeance, l'animosité des deux fermiers congédiés ; il leur plut au contraire de feindre à mon égard une parfaite complaisance (je ne sus que plus tard l'avantage qu'ils y trouvaient). J'en profitai pour courir le matin et le soir sur leurs terres qui devaient donc me revenir bientôt. L'automne commençait ; il fallut embaucher plus d'hommes pour hâter les labours, les semailles ; nous avions acheté herses, rouleaux, charrues ; je me promenais à cheval, surveillant, dirigeant les travaux, prenant plaisir à commander moi-même, à dominer.

Cependant, dans les prés voisins, les fer-

miers récoltaient les pommes ; elles tom
baient, roulaient dans l'herbe épaisse, abon-
dantes comme à nulle autre année ; les travailleurs n'y pouvaient point suffire ; il en
venait des villages voisins ; on les embau-
chait pour huit jours ; Charles et moi, parfois
nous amusions à les aider. Les uns gaulaient
les branches pour en faire tomber les fruits
tardifs ; on récoltait à part les fruits tombés
d'eux-mêmes, trop mûrs, souvent talés,
écrasés dans les hautes herbes ; on ne pouvait
marcher sans en fouler. L'odeur montant
du pré était âcre et douceâtre et se mêlait à
celle des labours.

L'automne s'avançait. Les matins des derniers beaux jours sont les plus frais, les plus
limpides. Parfois l'atmosphère mouillée
bleuissait les lointains, les reculait encore,
faisait d'une promenade un voyage ; le pays
semblait agrandi ; parfois, au contraire, la
transparence anormale de l'air rendait les
horizons tout proches ; on les eût atteints
d'un coup d'aile ; et je ne sais ce qui des deux

emplissait de plus de langueur. Mon travail
était à peu près achevé ; du moins je le disais
afin d'oser mieux m'en distraire. Le temps
que je ne passais plus à la ferme, je le passais
auprès de Marceline. Ensemble nous sortions
dans le jardin ; nous marchions lentement,
elle languissamment et pesant à mon bras ;
nous allions nous asseoir sur un banc, d'où
l'on dominait le vallon que le soir emplissait
de lumière. Elle avait une tendre façon de
s'appuyer sur mon épaule ; et nous restions
ainsi jusqu'au soir, sentant fondre en nous
la journée, sans gestes, sans paroles... De
combien de silence déjà savait s'envelopper
notre amour ! C'est que déjà l'amour de Marceline était plus fort que les mots pour le
dire, et que j'étais parfois presque angoissé
par cet amour. Comme un souffle parfois
plisse une eau très tranquille, la plus légère
émotion sur son front se laissait lire ; en elle,
mystérieusement, elle écoutait frémir une
nouvelle vie ; je me penchais sur elle comme
sur une profonde eau pure, où, si loin qu'on

voyait, on ne voyait que de l'amour. Ah ! si c'était encore le bonheur, je sais que j'ai voulu dès lors le retenir, comme on veut retenir dans ses mains rapprochées, en vain, une eau fuyante ; mais déjà je sentais, à côté du bonheur, quelque autre chose que le bonheur, qui colorait bien mon amour, mais comme colore l'automne.

L'automne s'avançait. L'herbe, chaque matin plus trempée, ne séchait plus au revers de l'orée ; à la fine aube elle était blanche. Les canards, sur l'eau des douves, battaient de l'aile ; ils s'agitaient sauvagement ; on les voyait parfois se soulever, faire avec de grands cris, dans un vol tapageur, tout le tour de la Morinière. Un matin nous ne les vîmes plus ; Bocage les avait enfermés. Charles me dit qu'on les enferme ainsi chaque automne, à l'époque de la migration. Et, peu de jours après, le temps changea. Ce fut, un soir, tout à coup, un grand souffle, une haleine de mer, forte, non divisée, amenant le nord et la pluie, empor-

tant les oiseaux nomades. Déjà l'état de Marceline, les soins d'une installation nouvelle,
les premiers soucis de mon cours nous eussent rappelés en ville. La mauvaise saison,
qui commençait tôt, nous chassa.

Les travaux de la ferme, il est vrai, devaient me rappeler en novembre. J'avais été
fort dépité d'apprendre les dispositions de
Bocage pour l'hiver ; il me déclara son désir
de renvoyer Charles sur la ferme modèle,
où il avait, prétendait-il, encore passable-
ment à apprendre ; je causai longuement,
employai tous les arguments que je trouvai
mais ne pus le faire céder ; tout au plus, ac-
cepta-t-il d'écourter un peu ces études pour
permettre à Charles de revenir un peu plus
tôt Bocage ne me dissimulait pas que l'exploitation des deux fermes ne se ferait pas
sans grand'peine ; mais il avait en vue, m'apprit-il, deux paysans très sûrs qu'il comptait
prendre sous ses ordres ; ce seraient presque
des fermiers, presque des métayers, presque
des serviteurs ; la chose était, pour le pays,

trop nouvelle pour qu'il en augurât rien de
bon; mais c'était, disait-il, moi qui l'avais
voulu. — Cette conversation avait lieu vers
la fin d'octobre. Aux premiers jours de novembre, nous nous installions à Paris.

Ce fut dans la rue S***, près de Passy, que
nous nous installâmes. L'appartement que
nous avait indiqué un des frères de Marceline, et que nous avions pu visiter lors de
notre dernier passage à Paris, était beaucoup
plus grand que celui que m'avait laissé mon
père, et Marceline put s'inquiéter quelque
peu, non point seulement du loyer plus élevé.
mais aussi de toutes les dépenses auxquelles
nous allions nous laisser entraîner. A toutes
ses craintes j'opposais une factice horreur du
provisoire; je me forçais moi-même d'y
croire et l'exagérais à dessein. Certainement
les divers frais d'installation excéderaient
nos revenus cette année, mais notre fortune

déjà belle devait s'embellir encore ; je comp-
tais pour cela sur mon cours, sur la publication de mon livre et même, avec quelle folie ! sur les nouveaux rendements de mes
fermes. Je ne m'arrêtai donc devant aucune dépense, me disant à chacune que je
me liais d'autant plus, et prétendant supprimer du même coup toute humeur vagabonde
que je pouvais sentir, ou craindre de sentir
en moi

Les premiers jours, et du matin au soir,
notre temps se passa en courses ; et bien que
le frère de Marceline, très obligeamment,
s'offrît ensuite pour nous en épargner plusieurs, Marceline ne tarda pas à se sentir très
fatiguée. Puis, au lieu du repos qui lui eût été
nécessaire, il lui fallut, aussitôt installée, recevoir visites sur visites ; l'éloignement où
nous avions vécu jusqu'alors les faisait à présent affluer, et Marceline, déshabituée du
monde, ni ne savait les abréger, ni n'osait
condamner sa porte ; je la trouvais, le soir,
exténuée ; — et si je ne m'inquiétai pas d'une

atigue dont je savais la cause naturelle, du moins m'ingéniai-je à la diminuer, recevant souvent à sa place, ce qui ne m'amusait guère, et parfois rendant les visites, ce qui n'amusait moins encore.

Je n'ai jamais été brillant causeur ; la frivolité des salons, leur esprit, est chose à quoi je ne pouvais me plaire ; j'en avais pourtant bien fréquenté quelques-uns naguère — mais que ce temps était donc loin ! Que s'était-il passé depuis ? Je me sentais, auprès des autres, terne, triste, fâcheux, à la fois gênant et gêné... Par une singulière malchance, vous, que je considérais déjà comme mes seuls amis véritables, n'étiez pas à Paris et n'y deviez pas revenir de longtemps. Eussé-je pu mieux vous parler ? M'eussiez-vous peut-être compris mieux que je ne faisais moi-même ? Mais de tout ce qui grandissait en moi et que je vous dis aujourd'hui, que savais-je ? L'avenir m'apparaissait tout hr, et jamais je ne m'en étais cru plus haître.

Et quand bien même j'eusse été plus perspicace, quel recours contre moi-même pouvais-je trouver en Hubert, Didier, Maurice, en tant d'autres, que vous connaissez et jugez comme moi. Je reconnus bien vite, hélas ! l'impossibilité de me faire entendre d'eux. Dès les premières causeries que nous eûmes, je me vis comme contraint par eux de jouer un faux personnage, de ressembler à celui qu'ils croyaient que j'étais resté, sous peine de paraître feindre ; et, pour plus de commodité, je feignis donc d'avoir les pensées et les goûts qu'on me prêtait. On n'eut peut à la fois être sincère et le paraître.

Je revis un peu plus volontiers les gens de ma partie, archéologues et philologues, mais ne trouvai à causer avec eux guère plus de plaisir, et pas plus d'émotion qu'à feuilleter de bons dictionnaires d'histoire. Tout d'abord je pus espérer trouver une compréhension un peu plus directe de la vie chez quelques romanciers et chez quelques poètes ; mais s'ils l'avaient, cette compré-

hension, il faut avouer qu'ils ne la mon_
traient guère ; il me parut que la plupart ne
vivaient point, se contentaient de paraître
vivre et, pour un peu, éussent considéré
la vie comme un fâcheux empêchement
d'écrire. Et je ne pouvais pas les en blâmer ;
et je n'affirme pas que l'erreur ne vînt pas
de moi... D'ailleurs qu'entendais-je par :
vivre ? — C'est précisément ce que j'eusse
voulu qu'on m'apprît. — Les uns et les
autres causaient habilement des divers événements de la vie, jamais de ce qui les motive.

Quant aux quelques philosophes, dont le
rôle eût été de me renseigner, je savais depuis longtemps ce qu'il fallait attendre d'eux ;
mathématiciens ou néocriticistes, ils se te-
naient aussi loin que possible de la trou-
blante réalité et ne s'en occupaient pas plus
que l'algébriste de l'existence des quantités
qu'il mesure.

De retour près de Marceline, je ne lui cachais point l'ennui que ces fréquentations
me causaient.

— Ils se ressemblent tous, lui disais-je. Chacun fait double emploi. Quand je parle à l'un d'eux, il me semble que je parle à plusieurs.

— Mais, mon ami, répondait Marceline, vous ne pouvez demander à chacun de différer de tous les autres.

— Plus ils se ressemblent entre eux et plus ils diffèrent de moi.

Et puis je reprenais plus tristement :

— Aucun n'a su être malade. Ils vivent, ont l'air de vivre et de ne pas savoir qu'ils vivent. D'ailleurs, moi-même, depuis que je suis auprès d'eux, je ne vis plus. Entre autres jours, aujourd'hui, qu'ai-je fait? J'ai dû vous quitter dès 9 heures : à peine avant de partir ai-je eu le temps de lire un peu ; c'est le seul bon moment du jour. Votre frère m'attendait chez le notaire, et après le notaire il ne m'a pas lâché ; j'ai dû voir avec lui le tapissier ; il m'a gêné chez l'ébéniste et je ne l'ai laissé que chez Gaston ; j'ai déjeuné dans le quartier avec Philippe, puis j'ai retrouvé

Louis qui m'attendait au café : entendu avec lui l'absurde cours de Théodore que j'ai complimenté à la sortie ; pour refuser son invitation du dimanche, j'ai dû l'accompagner chez Arthur ; avec Arthur, été voir une exposition d'aquarelles ; été déposer des cartes chez Albertine et chez Julie... Exténué, je rentre et vous trouve aussi fatiguée que moi-même, ayant vu Adeline, Marthe, Jeanne, Sophie... et quand le soir, maintenant, je repasse toutes ces occupations du jour, je sens ma journée si vaine et elle me paraît si vide, que je voudrais la ressaisir au vol, la recommencer heure après heure et que je suis triste à pleurer.

Pourtant je n'aurais pas su dire ni ce que j'entendais par *vivre*, ni si le goût que j'avais pris d'une vie plus spacieuse et aérée, moins contrainte et moins soucieuse d'autrui, n'était pas le secret très simple de ma gêne ; ce secret me semblait bien plus mystérieux : un secret de ressuscité pensais-je, car je restais un étranger parmi les autres, comme quelqu'un qui revient de chez les morts. Et d'abord je ne ressentis qu'un assez doulourenx désarroi ; mais bientôt un sentiment très neuf se fit jour. Je n'avais éprouvé nul orgueil, je l'affirme, lors de la publication des travaux qui me valurent tant d'éloges. Etait-ce de l'orgueil, à présent ? Peut-être ; mais du moins aucune nuance de vanité ne s'y mêlait. C'était, pour la première fois, la conscience de ma valeur propre : ce qui me séparait, me distinguait des autres, importait ; ce que personne d'autre que moi ne disait ni ne pouvait dire, c'était ce que j'avais à dire.

Mon cours commença tôt après ; le sujet m'y portant, je gonflai ma première leçon de toute ma passion nouvelle. A propos de l'extrême civilisation latine, je peignais la culture artistique, montant à fleur de peuple, à la manière d'une sécrétion, qui d'abord indique pléthore, surabondance de santé, puis aussitôt se fige, se durcit, s'oppose à tout parfait contact de l'esprit avec la nature,

cache sous l'apparence persistante de la vie
la diminution de la vie, forme gaine où
l'esprit gêné languit et bientôt s'étiole, puis
meurt. Enfin, poussant à bout ma pensée, je
disais la Culture, née de la vie, tuant la vie.

Les historiens blâmèrent une tendance,
dirent-ils, aux généralisations trop rapides.
D'autres blâmèrent ma méthode ; et ceux
qui me complimentèrent furent ceux qui
m'avaient le moins compris.

Ce fut à la sortie de mon cours que je
revis pour la première fois Ménalque. Je ne
l'avais jamais beaucoup fréquenté, et, peu
de temps avant mon mariage, il était reparti
pour une de ces explorations lointaines qui
nous privaient de lui parfois plus d'une
année. Jadis il ne me plaisait guère ; il semblait fier et ne s'intéressait pas à ma vie. Je
fus donc étonné de le voir à ma première
leçon. Son insolence même, qui m'écartait
de lui d'abord, me plut, et le sourire qu'il
me fit me parut plus charmant de ce que je

le savais plus rare. Récemment un absurde, un honteux procès à scandale avait été pour les journaux une commode occasion de le salir; ceux que son dédain et sa supériorité blessaient s'emparèrent de ce prétexte à leur vengeance ; et ce qui les irritait. le plus, c'est qu'il n'en parût pas affecté.

— Il faut, répondait-il aux insultes, laisser les autres avoir raison, puisque cela les console de n'avoir pas autre chose.

Mais « la bonne société » s'indigna et ceux qui, comme l'on dit, « se respectent » crurent devoir se détourner de lui et lui rendre ainsi son mépris. Ce me fut une raison de plus : attiré vers lui par une secrète influence, je m'approchai et l'embrassai amicalement devant tous.

Voyant avec qui je causais, les derniers importuns se retirèrent; je restai seul avec Ménalque.

Après les irritantes critiques et les ineptes compliments, ses quelques paroles au sujet de mon cours me reposèrent.

— Vous brûlez ce que vous **adoriez, dit-il.** Cela est bien. Vous vous y prenez tard ; mais la flamme est d'autant plus nourrie. Je ne sais encore si je vous entends bien ; vous m'intriguez. Je ne cause pas volontiers, mais voudrais causer avec vous. Dînez donc avec moi ce soir.

— Cher Ménalque, lui répondis-je, vous semblez oublier que je suis marié.

— Oui, c'est vrai, reprit-il ; à voir la cordiale franchise avec laquelle vous osiez m'aborder, j'avais pu vous croire plus libre.

Je craignis de l'avoir blessé ; plus encore de paraître faible, et lui dis que je le rejoindrais après le dîner.

A Paris, toujours en passage, Ménalque logeait à l'hôtel ; il s'y était, pour ce séjour, fait aménager plusieurs pièces en manière d'appartement ; il avait là ses domestiques, mangeait à part, vivait à part, avait étendu sur les murs, sur des meubles dont la banale laideur l'offusquait, quelques étoffes de haut prix qu'il avait rapportées du Népal et qu'il achevait, disait-il, de salir avant de les offrir à un musée. Ma hâte à le rejoindre avait été si grande, que je le surpris encore à table quand j'entrai ; et comme je m'excusais de troubler son repas :

— Mais, me dit-il, je n'ai pas l'intention de l'interrompre et compte bien que vous me le laisserez achever. Si vous étiez venu dîner, je vous aurais versé du Chiraz, de ce vin que chantait Hafiz, mais il est trop tard à présent ; il faut être à jeun pour le boire ; prendrez-vous du moins des liqueurs ?

J'acceptai, pensant qu'il en prendrait aussi ; puis, voyant qu'on n'apportait qu'un verre, je m'étonnai :

— Excusez-moi, dit-il, mais je n'en bois presque jamais.

— Craindriez-vous de vous griser ?

— Oh ! répondit-il, au contraire ! Mais je tiens la sobriété pour une plus puissante ivresse ; j'y garde ma lucidité.

— Et vous versez à boire aux autres...

Il sourit.

— Je ne peux, dit-il, exiger de chacun mes vertus. C'est déjà beau si je retrouve en eux mes vices...

— Du moins fumez-vous ?

— Pas davantage. C'est une ivresse impersonnelle, négative, et de trop facile conquète ; je cherche dans l'ivresse une exaltation et non une diminution de la vie. — Laissons cela. Savez-vous d'où je viens ? — De Biskra. — Sachant que vous veniez d'y passer, j'ai voulu rechercher vos traces. Qu'était-il donc venu faire à Biskra, cet aveugle érudit, ce liseur ? — Je n'ai coutume d'être discret que pour ce que l'on me confie ; pour ce que j'apprends par moi-même, ma curiosité, je l'avoue, est sans bornes. J'ai donc cherché, fouillé, questionné partout où j'ai pu. Mon indiscrétion m'a servi, puisqu'elle m'a donné désir de vous revoir ; puisqu'au lieu du savant routinier que je voyais en vous naguère, je sais que je dois voir à présent... c'est à vous de m'expliquer quoi.

Je sentis que je rougissais.

— Qu'avez-vous donc appris sur moi, Ménalque ?

— Vous voulez le savoir? Mais n'ayez donc pas peur! Vous connaissez assez vos amis et les miens pour savoir que je ne peux parler de vous à personne. Vous avez vu si votre cours était compris?

— Mais, dis-je avec une légère impatience, rien ne me montre encore que je puisse vous parler plus qu'aux autres. Allons! qu'est-ce que vous avez appris sur moi.

— D'abord, que vous aviez été malade.

— Mais cela n'a rien de...

— Oh! c'est déjà très important. Puis on m'a dit que vous sortiez volontiers seul, sans livre (et c'est là que j'ai commencé d'admirer), ou, lorsque vous n'étiez plus seul, accompagné moins volontiers de votre femme que d'enfants... Ne rougissez donc pas, ou je ne vous dis pas la suite.

— Racontez sans me regarder.

— Un des enfants — il avait nom Moktir

s'il m'en souvient — beau comme peu, voleur et pipeur comme aucun, me parut en avoir long à dire ; j'attirai, j'achetai sa confiance, ce qui, vous le savez, n'est pas facile, car je crois qu'il mentait encore en disant qu'il ne mentait plus... Ce qu'il m'a raconté de vons, dites-moi donc si c'est véritable.

Ménalque cependant s'était levé et avait sorti d'un tiroir une petite boîte qu'il ouvrit.

— Ces ciseaux étaient-ils à vous ? dit-il en me tendant quelque chose d'informe, de rouillé, d'épointé, de faussé ; je n'eus pas grand'peine pourtant à reconnaître là les petits ciseaux que m'avait escamotés Moktir.

— Oui ; ce sont ceux, c'étaient ceux de ma femme.

— Il prétend vous les avoir pris pendant que vous tourniez la tête, un jour que vous étiez seul avec lui dans une chambre ; mais l'intéressant n'est pas là ; il prétend qu'à l'instant qu'il les cachait dans son burnous, il a compris que vous le surveilliez dans une

glace et surpris le reflet de votre regard
l'épier. Vous aviez vu le vol et vous n'avez
rien dit ! Moktir s'est montré fort surpris de
ce silence... moi aussi.

— Je ne le suis pas moins de ce que vous
me dites : comment ! il savait donc que je
l'avais surpris !

— Là n'est pas l'important ; vous jouiez
au plus fin ; à ce jeu, ces enfants nous roule-
ront toujours. Vous pensiez le tenir et c'était
lui qui vous tenait... Là n'est pas l'important.
Expliquez-moi votre silence.

— Je voudrais qu'on me l'expliquât.

Nous restâmes pendant quelque temps
sans parler. Ménalque, qui marchait de long
en large dans la pièce, alluma distraitement
une cigarette, puis tout aussitôt la jeta.

— Il y a là, reprit-il, un « sens », comme
disent les autres, un « sens » qui semble vous
manquer, cher Michel.

— Le « sens moral », peut-être, dis-je en
m'efforçant de sourire.

— Oh ! simplement celui de la propriété.

— Il ne me paraît pas que vous l'ayez beaucoup vous-même.

— Je l'ai si peu, qu'ici, voyez, rien n'est à moi ; pas même ou surtout pas le lit où je me couche. J'ai l'horreur du repos ; la possession y encourage et dans la sécurité l'on s'endort ; j'aime assez vivre pour prétendre vivre éveillé, et maintiens donc, au sein de mes richesses mêmes, ce sentiment d'état précaire par quoi j'exaspère, ou du moins j'exalte ma vie. Je ne peux pas dire que j'aime le danger, mais j'aime la vie hasardeuse et veux qu'elle exige de moi, à chaque instant, tout mon courage, tout mon bonheur et toute ma santé...

— Alors que me reprochez-vous ? interrompis-je ?

— Oh ! que vous me comprenez mal, cher Michel ; pour un coup que je fais la sottise d'essayer de professer ma foi !... Si je me soucie peu, Michel, de l'approbation ou de la désapprobation des hommes, ce n'est pas pour venir approuver ou désapprouver à

mon tour; ces mots n'ont pour moi pas
grand sens. J'ai parlé beaucoup trop de moi
tout à l'heure; de me croire compris m'en-
traînait... Je voulais simplement vous dire
que pour quelqu'un qui n'a pas le sens de la
propriété, vous semblez posséder beaucoup;
c'est grave.

— Que possédé-je tant?

— Rien, si vous le prenez sur ce ton...
Mais n'ouvrez-vous pas votre cours? N'êtes-
vous pas propriétaire en Normandie? Ne
venez-vous pas de vous installer, et luxueu-
sement, à Passy? Vous êtes marié. N'atten-
dez-vous pas un enfant?

— Eh bien! dis-je impatienté, cela prouve
simplement que j'ai su me faire une vie plus
« dangerense » (comme vous dites) que la vôtre.

— Oui, simplement, redit ironiquement
Ménalque; puis, se retournant brusquement,
et me tendant la main :

— Allons, adieu; voilà qui suffit pour ce
soir, et nous ne dirions rien de mieux. Mais,
à bientôt.

Je restai quelque temps sans le revoir.

De nouveaux soins, de nouveaux soucis m'occupèrent ; un savant italien me signala les documents nouveaux qu'il mit au jour et que j'étudiai longuement pour mon cours. Sentir ma première leçon mal comprise avait éperonné mon désir d'éclairer différemment et plus puissamment les suivantes ; je fus par là porté à poser en doctrine ce que je n'avais fait d'abord que hasarder à titre d'ingénieuse hypothèse. Combien d'affirmateurs doivent leur force à cette chance de n'avoir pas été compris à demi-mot ! Pour moi je ne peux discerner, je l'avoue, la part d'entêtement qui peut-être vint se mêler au besoin d'affirmation naturelle. Ce que j'avais de neuf à dire me parut d'autant plus urgent que j'avais plus de mal à le dire, et surtout à le faire entendre.

Mais combien les phrases, hélas ! devenaient pâles près des actes ! La vie, le moindre geste de Ménalque n'était-il pas plus élo-

quent mille fois que mon cours? Ah! que je
compris bien, dès lors, que l'enseignement
presque tout moral des grands philosophes
antiques ait été d'exemple autant et plus encore que de paroles!

Ce fut chez moi que je revis Ménalque,
près de trois semaines après notre première
rencontre. Ce fut presque à la fin d'une
réunion trop nombreuse. Pour éviter un dé-
rangement quotidien, Marceline et moi pré-
férions laisser nos portes grandes ouvertes le
jeudi soir; nous les fermions ainsi plus aisément les autres jours. Chaque jeudi, ceux
qui se disaient nos amis venaient donc; la
belle dimension de nos salons nous permettait de les recevoir en grand nombre et la
réunion se prolongeait fort avant dans la
nuit. Je pense que les attirait surtout l'exquise grâce de Marceline et le plaisir de con-
verser entre eux, car, pour moi, dès la se-
conde de ces soirées, je ne trouvai plus rien
à écouter, rien à dire, et dissimulai mal mon

ennui. J'errais du fumoir au salon, de l'anti-
chambre à la bibliothèque, accroché parfois
par une phrase, observant peu, mais regardant comme au hasard.

Antoine, Etienne et Godefroy discutaient
le dernier vote de la Chambre, vautrés sur
les délicats fauteuils de ma femme. Hubert
et Louis maniaient sans précaution et frois-
saient d'admirables eaux-fortes de la collec-
tion de mon père. Dans le fumoir, Mathias,
pour écouter mieux Léonard, avait posé son
cigare ardent sur une table en bois de rose.
Un verre de curaçao s'était répandu sur le
tapis. Les pieds boueux d'Albert, impudem-
ment couché sur un divan, salissaient une
étoîfe. Et la poussière qu'on respirait était
faite de l'horrible usure des choses... Il me
prit une furieuse envie de pousser tous mes
invités par les épaules. Meubles, étoffes,
estampes, à la première tache perdaient pour
moi toute valeur ; choses tachées, choses
atteintes de maladie et comme désignées par
la mort. J'aurais voulu tout protéger, mettre

tout sous clef pour moi seul. Que Ménalque
est heureux, pensai-je, qui n'a rien ! Moi
c'est parce que je veux conserver que je
souffre. Que m'importe au fond tout cela ?..
— Dans un petit salon moins éclairé, sépar
par une glace sans tain, Marceline ne rece
vait que quelques intimes ; elle était à demi
étendue sur des coussins ; elle était affreuse
ment pâle, et me parut si fatiguée que j'e
fus effrayé soudain et me promis que cett
réception serait la dernière. Il était déjà tard
J'allais regarder l'heure à ma montre quan
je sentis dans la poche de mon gilet les petit
ciseaux de Moktir.

— Et pourquoi les avait-il volés, celui-là
si c'était aussitôt pour les abîmer, les dé
truire ? — A ce moment quelqu'un frapp
sur mon épaule ; je me retournai brusque
ment : c'était Ménalque.

Il était, presque le seul, en habit. Il vena
d'arriver. Il me pria de le présenter à m
femme ; je ne l'eusse certes pas fait de mo
même. Ménalque était élégant, presque beau

d'énormes moustaches, tombantes, déjà grises, coupaient son visage de pirate; la flamme froide de son regard indiquait plus de courage et de décision que de bonté. Il ne fut pas plutôt devant Marceline que je compris qu'il ne lui plaisait pas. Après qu'il eut avec elle échangé quelques banales phrases de politesse, je l'entraînai dans le fumoir.

J'avais appris le matin même la nouvelle mission dont le ministère des colonies le chargeait; divers journaux rappelant à ce sujet son aventureuse carrière semblaient oublier leurs basses insultes de la veille et ne trouvaient pas de termes assez vifs pour le louer. Ils exagéraient à l'envi les services rendus au pays, à l'humanité tout entière par les étranges découvertes de ses dernières explorations, tout comme s'il n'entreprenait rien que dans un but humanitaire : et l'on vantait de lui des traits d'abnégation, de dévouement, de hardiesse, tout comme s'il devait chercher une récompense en ces éloges.

Je commençais de le féliciter; il m'inter-
rompit dès les premiers mots :

— Eh quoi ! vous aussi, cher Michel ; vous
ne m'aviez pourtant pas d'abord insulté, dit-
il. Laissez donc aux journaux ces bêtises. Ils
semblent s'étonner aujourd'hui qu'un homme
de mœurs décriées puisse pourtant avoir encore
quelques vertus. Je ne sais faire en moi
les distinctions et les réserves qu'ils préten-
dent établir, et n'existe qu'en totalité. Je ne
prétends à rien qu'au naturel, et, pour chaque
action, le plaisir que j'y prends m'est signe
que je devais la faire.

— Cela peut mener loin, lui dis-je.

— J'y compte bien, reprit Menalque. Ah !
si tous ceux qui nous entourent pouvaient
se persuader de cela. Mais la plupart d'entre
eux pensent n'obtenir d'eux-mêmes rien de
bon que par la contrainte ; ils ne se plaisent
que contrefaits. C'est à soi-même que chacun prétend le moins ressembler. Chacun se
propose un patron, puis l'imite ; même il ne
choisit pas le patron qu'il imite ; il accept*

un patron tout choisi. Il y a pourtant, je le crois, d'autres choses à lire, dans l'homme. On n'ose pas. On n'ose pas tourner la page. — Lois de l'imitation ; je les appelle : lois de la peur. On a peur de se trouver seul ; et l'on ne se trouve pas du tout. Cette agoraphobie morale m'est odieuse ; c'est la pire des lâchetés. Pourtant c'est toujours seul qu'on invente. Mais qui cherche ici d'inventer ? Ce que l'on sent en soi de différent, c'est précisément ce que l'on possède de rare, ce qui fait à chacun sa valeur — et c'est là ce que l'on tâche de supprimer. On imite. Et l'on prétend aimer la vie.

Je laissais Ménalque parler ; ce qu'il disait c'était précisément ce que le mois d'avant, moi, je disais à Marceline ; et j'aurais donc dû l'approuver. Pourquoi, par quelle lâcheté l'interrompis-je, et lui dis-je, imitant Marceline, la phrase mot pour mot par laquelle elle m'avait alors interrompu : — Vous ne pouvez pourtant, cher Ménalque, demander à chacun de différer de tous les autres...

Ménalque se tut brusquement, me regarda d'une façon bizarre, puis, comme Eusèbe précisément s'approchait pour prendre congé de noi, il me tourna le dos sans façon et alla s'entretenir avec Hector de choses insignifiantes.

Aussitôt dite, ma phrase m'avait paru stupide; et je me désolai surtout qu'elle pût faire croire à Ménalque que je me sentais attaqué par ses paroles. — Il était tard ; mes invités partaient. Quand le salon fut presque vide, Ménalque revint à moi :

— Je ne puis vous quitter ainsi, me dit-il. Sans doute j'ai mal compris vos paroles. Laissez-moi du moins l'espérer...

— Non ; répondis-je. Vous ne les avez pas mal comprises... mais elles n'avaient aucun sens ; et je ne les eus pas plus tôt dites que je souffris de leur sottise, — et surtout de sentir qu'elles allaient me ranger à vos yeux précisément parmi ceux dont vous faisiez le procès tout à l'heure, et qui, je vous l'affirme, me sont odieux comme à vous. Je hais tous les gens à principes.

— **Ils sont,** reprit Ménalque en riant, ce qu'il y a de plus détestable en ce monde. On ne saurait attendre d'eux aucune espèce de sincérité; **car ils ne font jamais que ce que leurs principes** ont décrété qu'ils devaient faire, ou, sinon, ils regardent ce qu'ils font comme mal fait. Au seul soupçon que vous pouviez être un des leurs, j'ai senti la parole se glacer sur mes lèvres. Le chagrin qui m'a pris aussitôt m'a révélé combien mon affection pour vous est vive; j'ai souhaité m'être mépris — non dans mon affection mais dans le jugement que je portais.

— En effet, votre jugement était faux.

— Ah! n'est-ce pas, dit-il en me prenant la main brusquement. Ecoutez; je dois partir bientôt, mais je voudrais vous voir encore. Mon voyage sera, cette fois, plus long et hasardeux que tous les autres; je ne sais quand je reviendrai. Je dois partir dans quinze jours; ici, chacun ignore que mon départ est si proche; je vous l'annonce secrètement. Je pars dès l'aube. La nuit qui

précède un départ est pour moi chaque fois
une nuit d'angoisses affreuses. Prouvez-moi
que vous n'êtes pas homme à principes ;
puis-je compter que vous voudrez bien passer
cette dernière nuit près de moi ?

— Mais nous nous reverrons avant, lui dis-
je, un peu surpris.

— Non. Durant ces quinze jours je n'y serai plus pour personne ; et ne serai même pas
à Paris. Demain je pars pour Budapesth ;
dans six jours je dois être à Rome. Ici et là
sont des amis que je veux embrasser avant
de quitter l'Europe. Un autre m'attend à Ma-
drid...

— C'est entendu, je passerai cette nuit de
veille avec vous.

— Et nous boirons du vin de Chiraz, dit
Ménalque.

Quelques jours après cette soirée, Marceline commença d'aller moins bien. J'ai déjà
dit qu'elle était souvent fatiguée ; mais elle
évitait de se plaindre, et comme j'attribuais

à son état cette fatigue, je la croyais très naturelle et j'évitais de m'inquiéter. Un vieux
médecin assez sot, ou insuffisamment ren-
seigné, nous avait tout d'abord rassurés à
l'excès. Cependant des troubles nouveaux,
accompagnés de fièvre, me décidèrent à appeler le Docteur Tr. qui passait alors pour le
plus avisé spécialiste. Il s'étonna que je ne
l'eusse pas appelé plus tôt, et prescrivit un
régime strict que, depuis quelque temps
déjà, elle eût dû suivre. Par un très impru-
dent courage, Marceline s'était jusqu'à ce
jour surmenée ; jusqu'à la délivrance, qu'on
attendait vers la fin de janvier, elle devait
garder la chaise-longue. Sans doute un peu
inquiète et plus dolente qu'elle ne voulait
l'avouer, Marceline se plia très doucement
aux prescriptions les plus gênantes. Une
courte révolte pourtant l'agita lorsque Tr.
lui ordonna de la quinine, à des doses dont
elle savait que son enfant pouvait souffrir.
Durant trois jours, elle refusa obstinément
d'en prendre ; puis, la fièvre augmentant,

à cela aussi elle dut se soumettre ; mais ce
fut cette fois avec une grande tristesse et
comme un douloureux renoncement à l'avenir ; une sorte de résignation religieuse rompit la volonté qui la soutenait jusqu'alors,
de sorte que son état empira brusquement
durant les quelques jours qui suivirent.

Je l'entourai de plus de soins encore et la
rassurai de mon mieux, me servant des paroles mêmes de Tr. qui ne voyait en son état
rien de bien grave ; mais la violence de ses
craintes finit par m'alarmer à mon tour. Ah !
combien dangereusement déjà notre bonheur
se reposait sur l'espérance ! et de quel futur
incertain. Moi qui d'abord ne trouvais de
goût qu'au passé, la subite saveur de l'instant m'a pu griser un jour, pensai-je, mais
le futur désenchante l'heure présente, plus
encore que le présent ne désenchanta le
passé ; et depuis notre nuit de Sorrente déjà
tout mon amour, toute ma vie se projettent
sur l'avenir.

Cependant le soir vint que j'avais promis à Ménalque; et malgré mon ennui d'abandonner toute une nuit d'hiver Marceline, je lui fis accepter de mon mieux la solennité du rendez-vous, la gravité de ma promesse. Marceline allait un peu mieux ce soir-là, et pourtant j'étais inquiet; une garde me remplaça prés d'elle. Mais, sitôt dans la rue, mon inquiétude prit une force nouvelle; je la repoussai, luttai contre elle, m'irritant contre moi de ne pas mieux m'en libérer. Je parvins ainsi peu à peu à un état de surtension, d'exaltation singulière, trés différente et très proche à la fois de l'inquiétude douloureuse qui l'avait fait naître, mais plus proche encore du bonheur. Il était tard; je marchais à grands pas; la neige commença de tomber abondante; j'étais heureux de respirer enfin un air plus vif, de lutter contre le froid, heureux contre le vent, la nuit, la neige, je savourais mon énergie.

Ménalque, qui m'entendit venir, parut sur le palier de l'escalier. Il m'attendait sans pa-

tience. Il était pâle et paraissait un peu crispé
Il me débarrassa de mon manteau, et m
força de changer mes bottes mouillées contr
de molles pantoufles persanes. Sur un gué
rldon, prés du feu, étaient posées des frian
dises. Deux lampes éclairaient la pièce
moins que ne le faisait le foyer. Ménalque, dè
l'abord, s'informa de la santé de Marceline
pour simplifier, je répondis qu'elle allait trè
bien.

— Votre enfant, vous l'attendez bientôt
reprit-il.

— Dans un mois.

Ménalque s'inclina vers le feu, comme s'i
eût voulu cacher son visage. Il se taisait
Il se tut si longtemps que j'en fus à la fir
tout gêné, ne sachant non plus que lui dire
Je me levai, fis quelques pas, puis, m'ap
prochant de lui, posai ma main sur soi
épaule. Alors, comme s'il continuait sa pen
sée :

— Il faut choisir, murmura-t-il. L'important, c'est de savoir ce que l'on veut...

— Eh! ne voulez-vous pas partir? lui demandai-je, incertain du sens que je devais donner à ses paroles.

— Il paraît.

— Hésiteriez-vous donc?

— A quoi bon? — Vous qui avez femme et enfant, restez... Des mille formes de la vie chacun ne peut connaître qu'une. Envier le bonheur d'autrui, c'est folie; on ne saurait pas s'en servir. Le bonheur ne se veut pas tout fait, mais sur mesure. — Je pars demain; je sais : j'ai tâché de tailler ce bonheur à ma taille... gardez le bonheur calme du foyer...

— C'est à ma taille aussi que j'avais taillé mon bonheur, m'écriai-je; mais j'ai grandi; à présent mon bonheur me serre; parfois, j'en suis presque étranglé!...

— Bah! vous vous y ferez! dit Ménalque; puis il se campa devant moi, plongea son regard dans le mien, et comme je ne trouvais rien à dire, il sourit un peu tristement : — On croit que l'on possède, et l'on

est possédé, reprit-il. — Versez-vous du Chiraz, cher Michel ; vous n'en goûterez pa
souvent ; et mangez de ces pâtes roses qu
les Persans prennent avec. Pour ce soir j
veux boire avec vous, oublier que je par
demain, et causer comme si cette nuit éta
longue... Savez-vous ce qui fait de la poési
aujourd'hui et de la philosophie surtou
lettres mortes ? C'est qu'elles se sont séparée
de la vie. La Grèce, elle, idéalisait à même l
vie ; de sorte que la vie de l'artiste était ell
même déjà une réalisation poétique ; la vi
du philosophe, une mise en action de sa ph
losophie ; de sorte aussi que, mêlées à la vi
au lieu de s'ignorer, la philosophie alimer
tant la poésie, la poésie exprimant la phil
sophie, cela était d'une persuasion adm
rable. Aujourd'hui la beauté n'agit plus
l'action ne s'inquiète plus d'être belle ; et l
sagesse opère à part.

— Pourquoi, dis-je, vous qui vivez votr
sagesse, n'écrivez-vous pas vos mémoires
— ou simplement, repris-je en le voyar

sourire, les souvenirs de vos voyages ?

— Parce que je ne veux pas me souvenir, répondit-il. Je croirais, ce faisant, empêcher d'arriver l'avenir et faire empiéter le passé. C'est du parfait oubli d'hier que je crée la nouvelleté de chaque heure. Jamais, d'avoir été heureux, ne me suffit. Je ne crois pas aux choses mortes, et confonds n'être plus, avec n'avoir jamais été.

Je m'irritais enfin de ces paroles, qui précédaient trop ma pensée ; j'eusse voulu tirer arrière, l'arrêter ; mais je cherchais en vain à contredire ; et d'ailleurs m'irritais contre moi-même plus encore que contre Ménalque. Je restai donc silencieux. Lui, tantôt allant et venant à la façon d'un fauve en cage, tantôt se penchant vers le feu, tantôt se taisait longuement, puis tantôt, brusquement, disait :

— Si encore nos médiocres cerveaux savaient bien embaumer les souvenirs ! Mais ceux-ci se conservent mal ; les plus délicats se dépouillent, les plus voluptueux pourrissent ; les plus délicieux sont les plus dangereux dans la suite. Ce dont on se repent était délicieux d'abord.

De nouveau, long silence ; et puis il reprenait :

— Regrets, remords, repentirs, ce sont joies de naguère, vues de dos. Je n'aime pas regarder en arrière, et j'abandonne au loin mon passé comme l'oiseau, pour s'envoler, quitte son ombre. Ah! Michel, toute joie nous attend toujours, mais veut toujours trouver la couche vide, être la seule, et qu'on arrive à elle comme un veuf. — Ah ! Michel! toute joie est pareille à cette manne du désert qui se corrompt d'un jour à l'autre ; elle est pareille à l'eau de la source Amélès qui, raconte Platon, ne se pouvait garder dans aucun vase... Que chaque instant emporte tout ce qu'il avait apporté.

Ménalque parla longtemps encore ; je ne puis rapporter ici toutes ses phrases ; beaucoup pourtant se gravèrent en moi, d'autant plus fortement que j'eusse désiré les oublier plus vite ; non qu'elles m'apprissent rien de bien neuf — mais elles mettaient à nu brusquement ma pensée ; une pensée que je couvrais de tant de voiles, que j'avais presque pu l'espérer étouffée. Ainsi s'écoula la veillée.

Quand, au matin, après avoir conduit Ménalque au train qui l'emporta, je m'acheminai seul pour rentrer près de Marceline, je me sentis plein d'une tristesse abominable, de haine contre la joie cynique de Ménalque ; je voulais qu'elle fût factice ; je m'efforçais de la nier. Je m'irritais de n'avoir rien su lui répondre : je m'irritais d'avoir dit quelques mots qui l'eussent fait douter de mon bonheur, de mon amour. Et je me cramponnais à mon douteux bonheur, à mon « calme bonheur », comme disait Ménalque ; je ne pouvais, hélas ! en écarter l'inquiétude, mais prétendais que cette inquiétude servît d'aliment à l'amour. Je me penchais vers l'avenir où déjà je voyais mon petit enfant me sourire ; pour lui se reformait et se fortifiait ma morale... Décidément je marchais d'un pas ferme.

Hélas ! quand je rentrai, ce matin-là, un désordre inaccoutumé me frappa dès la première piéce. La garde vint à ma rencontre et m'apprit, à mots tempérés, que d'affreuses angoisses avaient saisi ma femme dans la nuit, puis des douleurs, bien qu'elle ne se crût pas encore au terme de sa grossesse ; que se sentant très mal, elle avait envoyé chercher le docteur ; que celui-ci, bien qu'arrivé en hâte dans la nuit, n'avait pas encore quitté la malade ; puis, voyant ma pâleur je pense, elle voulut me rassurer, me disant que tout allait déjà bien mieux, que... Je m'élançai vers la chambre de Marceline.

La chambre était peu éclairée ; et d'abord je ne distinguai que le docteur qui, de la main, m'imposa silence ; puis, dans l'ombre, une figure que je ne connaissais pas. Anxieusement, sans bruit, je m'approchai du lit. Marceline avait les yeux fermés ; elle était si terriblement pâle que d'abord je la crus

morte ; mais, sans ouvrir les yeux, elle
tourna vers moi la tête. Dans **un** coin
sombre de la pièce, la figure inconnue ran-
geait, cachait divers objets ; je vis des instru-
ments luisants, de la ouate ; je vis, crus voir,
un linge taché de sang... Je sentis que je
chancelais. Je tombai presque vers le Docteur ; il me soutint. Je comprenais ; j'avais
peur de comprendre...

— Le petit ? demandai-je anxieusement.

Il eut un triste haussement d'épaules. —
Sans plus savoir ce que je faisais, je me jetai
contre le lit, en sanglotant. Ah ! subit avenir ! Le terrain cédait brusquement sous mon
pas ; devant moi n'était plus qu'un trou vide
où je trébuchais tout entier.

Ici tout se confond en un ténébreux souvenir. Pourtant Marceline sembla d'abord
assez vite se remettre. Les vacances du début de l'année me laissant un peu de répit,
je pus passer prés d'elle presque toutes les
heures du jour. Prés d'elle je lisais, j'écrivais,

ou lui faisais doucement la lecture. Je ne
sortais jamais sans lui rapporter quelques
fleurs. Je me souvenais des tendres soins
dont elle m'avait entouré alors que moi
j'étais malade, et l'entourais de tant d'amour
que parfois elle en souriait, comme heureuse. Pas un mot ne fut échangé au sujet
du triste accident qui meurtrissait nos espé-
rances...

Puis la phlébite se déclara : et quand elle,
commença de décliner, une embolie, soudain, mit Marceline entre la vie et la mort.
C'était la nuit; je me revois penché sur
elle, sentant, avec le sien, mon cœur s'arrêter ou revivre. Que de nuits la veillai-je
ainsi ! le regard obstinément fixé sur elle,
espérant, à force d'amour, insinuer un peu
de ma vie en la sienne. Et si je ne songeais
plus beaucoup au bonheur, ma seule triste
joie était de voir parfois sourire Marceline.

Mon cours avait repris. Où trouvai-je la
force de préparer mes leçons, de les dire ?...
Mon souvenir se perd et je ne sais comment

se succédèrent les semaines. — Pourtant un petit fait que je veux vous redire :

C'est un matin, peu de temps après l'embolie ; je suis auprès de Marceline ; elle semble aller un peu mieux, mais la plus grande immobilité lui est encore prescrite ; elle ne doit même pas remuer les bras. Je me penche pour la faire boire, et lorsqu'elle a bu et que je suis encore penché près d'elle, d'une voix que son trouble rend plus faible encore, elle me prie d'ouvrir un coffret que son regard me désigne ; il est là, sur la table ; je l'ouvre ; il est plein de rubans, de chiffons, de petits bijoux sans valeur ; — que veut-elle ? J'apporte près du lit la boîte ; je sors un à un chaque objet. Est-ce ceci ? cela?... non ; pas encore ; et je la sens qui s'inquiète un peu. — Ah ! Marceline ! c'est ce petit chapelet que tu veux ! — Elle s'efforce de sourire.

— Tu crains donc que je ne te soigne pas assez ?

— Oh ! mon ami ! murmure-t-elle. — Et

je me souviens de notre conversation de Biskra, de son craintif reproche en m'entendant
repousser ce qu'elle appelle « l'aide de
Dieu ». Je reprends un peu rudement :

— J'ai bien guéri tout seul.

— J'ai tant prié pour toi, répond-elle. —
Elle dit cela tendrement, tristement ; je sens
dans son regard une anxiété suppliante... Je
prends le chapelet et le glisse dans sa main
affaiblie qui repose sur le drap, contre elle.
Un regard chargé de larmes et d'amour me
récompense — mais auquel je ne puis répondre ; un instant encore je m'attarde, ne
sais que faire, suis gêné ; enfin, n'y tenant
plus :

— Adieu, lui dis-je — et je quitte la
chambre, hostile, et comme si l'on m'en
avait chassé.

Cependant l'embolie avait amené des dé-
sordres assez graves ; l'affreux caillot de
sang, que le cœur avait rejeté, fatiguait et
congestionnait les poumons, obstruait la res-

piration, la faisait difficile et sifflante. Je pensais ne plus la voir guérir. La maladie était entrée en Marceline, l'habitait désormais, la marquait, la tachait. C'était une chose abîmée.

La saison devenait clémente. Dès que mon cours fut terminé, je transportai Marceline à la Morinière, le Docteur affirmant que tout danger pressant était passé et que, pour achever de la remettre, il ne fallait rien tant qu'un air meilleur. J'avais moi-même grand besoin de repos. Ces veilles que j'avais tenu à supporter presque toutes moi-même, cette angoisse prolongée, et surtout cette sorte de sympathie physique qui, lors de l'embolie de Marceline, m'avait fait ressentir en moi les affreux sursauts de son cœur, tout cela m'avait fatigué comme si j'avais moi-même été malade.

J'eusse préféré emmener Marceline dans

la montagne; mais elle me montra le désir
le plus vif de retourner en Normandie, pré-
tendit que nul climat ne lui serait meilleur,
et me rappela que j'avais à revoir ces deux
fermes, dont je m'étais un peu témérairement
chargé. Elle me persuada que je m'en étais
fait responsable, et que je me devais d'y
réussir. Nous ne fûmes pas plutôt arrivés
qu'elle me poussa donc de courir sur les
terres... Je ne sais si, dans son amicale insis-
tance, beaucoup d'abnégation n'entrait pas;
la crainte que, sinon, me croyant retenu
près d'elle par les soins qu'il fallait encore
lui donner, je ne sentisse pas assez grande
ma liberté... Marceline pourtant allait mieux;
du sang recolorait ses joues; et rien ne me
reposait plus que de sentir moins triste son
sourire; je pouvais la laisser sans crainte.

Je retournai donc sur les fermes. On y faisait les premiers foins. L'air chargé de pollens,
de senteurs, m'étourdit tout d'abord comme
une boisson capiteuse. Il me sembla que
depuis l'an passé je n'avais plus respiré, ou

respiré que des poussières, tant pénétrait
mielleusement en moi l'atmosphère. Du talus
où je m'étais assis, comme grisé, je dominais
la Morinière; je voyais ses toits bleus, les
eaux dormantes de ses douves; autour, des
champs fauchés, d'autres pleins d'herbes;
plus loin, la courbe du ruisseau; plus loin,
les bois où l'automne dernier je me promenais à cheval avec Charles. Des chants que
j'entendais depuis quelques instants se
rapprochèrent; c'étaient des faneurs qui ren-
traient, la fourche ou le rateau sur l'épaule.
Ces travailleurs, que je reconnus presque
tous, me firent fâcheusement souvenir que je
n'étais point là en voyageur charmé, mais en
maître. Je m'approchai, leur souris, leur
parlai, m'enquis de chacun longuement. Déjà
Bocage le matin m'avait pu renseigner sur
l'état des cultures; par une correspondance
régulière, il n'avait d'ailleurs pas cessé de me
tenir au courant des moindres incidents des
fermes. L'exploitation n'allait pas mal, beaucoup mieux que Bocage ne me le laissait

abord espérer. Pourtant on m'attendait
our quelques décisions importantes, et,
urant quelques jours, je dirigeai tout de mon
nieux, sans plaisir, mais raccrochant à ce
emblant de travail ma vie défaite.

Dès que Marceline fut assez bien pour rece-
oir, quelques amis vinrent habiter avec
ous. Leur société affectueuse et point
ruyante sut plaire à Marceline, mais fit que
e quittai d'autant plus volontiers la maison.
e préférais la société des gens de la ferme;
l me semblait qu'avec eux je trouverais
nieux à apprendre — non point que je les
nterrogeasse beaucoup — non, et je sais
à peine exprimer cette sorte de joie que je
essentais auprès d'eux : il me semblait sentir
à travers eux — et tandis que la conversation
le nos amis, avant qu'ils commençassent de
oarler, m'était déjà toute connue, la seule
vue de ces gueux me causait un émerveille-
ment continuel.

Si d'abord l'on eût dit qu'ils missent à me
répondre toute la condescendance que j'évi-

tais de mettre à les interroger, bientôt
supportèrent mieux ma présence. J'entr[ais]
toujours plus en contact avec eux. Non co[n-]
tent de les suivre au travail, je voulais [les]
voir à leurs jeux ; leurs obtuses pensées
m'intéressaient guère, mais j'assistais à leu[r]
repas, j'écoutais leurs plaisanteries, surveill[ais]
amoureusement leurs plaisirs. C'était, da[ns]
une sorte de sympathie, pareille à celle q[ui]
faisait sursauter mon cœur aux sursauts [de]
celui de Marceline, c'était un immédiat éc[ho]
de chaque sensation étrangère — non po[int]
vague, mais précis, aigu. Je sentais en m[es]
bras la courbature du faucheur ; j'étais las [de]
sa lassitude ; la gorgée de cidre qu'il buvait [me]
désaltérait ; je la sentais glisser dans sa gorg[e]
un jour, en aiguisant sa faux, l'un s'entai[lla]
profondément le pouce : je ressentis sa do[u-]
leur, jusqu'à l'os.

Il me semblait, ainsi, que ma vue ne [fût]
plus seule à m'enseigner le paysage, mais q[ue]
je le sentisse encore par une sorte d'attoucl[e-]
ment qu'illimitait cette bizarre sympathie.

La présence de Bocage me gênait, il me
ait, quand il venait, jouer au maître, et je
trouvais plus aucun goût. Je commandais
ore, il le fallait, et dirigeais à ma façon les
ailleurs ; mais je ne montais plus à cheval,
crainte de les dominer trop. — Mais,
lgré les précautions que je prenais pour
ils ne souffrissent plus de ma présence et
se contraignissent plus devant moi, je
tais devant eux, comme avant, plein de
iosité mauvaise. L'existence de chacun
ux me demeurait mystérieuse. Il me sem-
it toujours qu'une partie de leur vie se
hait. Que faisaient-ils, quand je n'étais
s là ? Je ne consentais pas qu'ils ne s'amu-
sent pas plus. — Et je prêtais à chacun
ux un secret que je m'entêtais à désirer
naître. Je rôdais, je suivais, j'épiais. Je
ttachais aux plus frustes natures, comme
de leur obscurité, j'attendais, pour m'é-
irer, quelque lumière.

n surtout m'attirait : il était assez beau,
d, point stupide, mais uniquement mené

par l'instinct ; il ne faisait jamais rien que d
subit, et cédait à toute impulsion de passage
Il n'était pas de ce pays ; on l'avait embauch
par hasard. Excellent travailleur deux jours
il se soûlait à mort le troisième. Une nu
j'allai furtivement le voir dans la grange ; i
était vautré dans le foin ; il dormait d'u
épais sommeil ivre. Que de temps je le regar
dai !... Un beau jour il partit comme il étai
venu. J'eusse voulu savoir sur quelle
routes... J'appris le soir même que Bocag
l'avait renvoyé.

Je fus furieux contre Bocage ; le fis venir

— Il parait que vous avez renvoyé Pierre
commençai-je. Voulez-vous me dire pourquoi ?

Un peu interloqué par ma colère, que pour
tant je tempérais de mon mieux :

— Monsieur ne voulait pas garder chez lu
un sale ivrogne, qui débauchait les meilleur
ouvriers...

— Je sais mieux que vous ceux que je
désire garder.

— Un galvaudeur ! On **ne sait même** pas l'où qu'il vient. Dans le pays, ça ne faisait pas bon effet... Quand, une nuit, il aurait mis le feu à la grange, Monsieur aurait peut-être été content.

— Mais enfin cela me regarde, et la ferme est à moi, peut-être ; — j'entends la diriger comme il me plaît. A l'avenir, vous voudrez bien me faire part de vos motifs, avant d'exécuter personne.

Bocage, je l'ai dit, m'avait connu tout enfant ; quelque blessant que fût le ton de mes paroles, il m'aimait trop pour beaucoup s'en fâcher. Et même il ne me prit pas suffisamment au sérieux. Le paysan normand demeure trop souvent sans créance pour ce dont il ne pénètre pas le mobile, c'est-à-dire pour ce que ne conduit pas l'intérêt. Bocage considérait simplement comme une lubie cette querelle.

Pourtant je ne voulus pas rompre l'entretien sur un blâme, et, sentant que j'avais été trop vif, je cherchais ce que je pourrais ajouter.

— Votre fils Charles ne doit-il pas bientôt
revenir? me décidai-je à demander après un
instant de silence.

— Je pensais que Monsieur l'avait oublié,
à voir comme il s'inquiétait peu après lui, dit
Bocage encore blessé.

— Moi, l'oublier! Bocage, et comment le
pourrais-je, aprés tout ce que nous avons
fait ensemble l'an passé? Je compte même
beaucoup sur lui pour les fermes...

— Monsieur est bien bon. Charles doit
revenir dans huit jours.

— Allons, j'en suis heureux, Bocage, — et
je le congédiai.

Bocage avait presque raison: je n'avais
certes pas oublié Charles, mais je ne me sou-
ciais plus de lui que fort peu. Comment
expliquer qu'après une camaraderie si fou-
gueuse, je ne sentisse plus à son égard qu'une
chagrine incuriosité? C'est que mes occupations et mes goûts n'étaient plus ceux de
l'an passé. Mes deux fermes, il me fallait me
l'avouer, ne m'intéressaient plus autant que

les gens que j'y employais; et pour les fré-
quenter, la présence de Charles allait être
gênante. Il était bien trop raisonnable et se
faisait trop respecter. Donc, malgré la vive
émotion qu'éveillait en moi son souvenir, je
voyais approcher son retour avec crainte.

Il revint. — Ah! que j'avais raison de
craindre et que Ménalque faisait bien de
renier tout souvenir! — Je vis entrer, à la
place de Charles, un absurde Monsieur, coiffé
d'un ridicule chapeau melon. Dieu! qu'il
était changé! Gêné, contraint, je tâchai pourtant de ne pas répondre avec trop de froideur
à la joie qu'il montrait de me revoir; mais
même cette joie me déplut; elle était gauche
et ne me parut pas sincère. Je l'avais reçu dans
le salon, et, comme il était tard, je ne distin
guais pas bien son visage; mais quand on
apporta la lampe, je vis avec dégoût qu'il
avait laissé pousser ses favoris.

L'entretien, ce soir-là, fut plutôt morne;
puis, comme je savais qu'il serait sans cesse
sur les fermes, j'évitai, durant près de huit

jours, d'y aller, et je me rabattis sur mes études et sur la société de mes hôtes. Puis sitôt que je recommençai de sortir, je fus requis par une occupation très nouvelle :

Des bûcherons avaient envahi les bois. Chaque année on en vendait une partie ; partagés en douze coupes égales, les bois fournissaient chaque année, avec quelques hauts-jets dont on n'espérait plus de croissance, un taillis de douze ans qu'on mettait en fagots.

Ce travail se faisait à l'hiver, puis avant le printemps, selon les clauses de la vente, les bûcherons devaient avoir vidé la coupe. Mais l'incurie du père Heurtevent, le marchand de bois qui dirigeait l'opération, était telle, que parfois le printemps entrait dans la coupe encore encombrée ; on voyait alors de nouvelles pousses fragiles s'allonger au travers des ramures mortes, et lorsque enfin les bûcherons faisaient vidange, ce n'était point sans abîmer bien des bourgeons.

Cette année la négligence du père Heurtevent, l'acheteur, passa nos craintes. En l'absence de toute surenchère, j'avais dû lui laisser la coupe à très bas prix ; aussi, sûr d'y trouver toujours son compte, se pressait-il fort peu de débiter un bois qu'il avait payé si peu cher. Et de semaine en semaine il différait le travail, prétextant une fois l'absence d'ouvriers, une autre fois le mauvais temps, puis un cheval malade, des prestations, d'autres travaux... que sais-je? Si bien qu'au milieu de l'été rien n'était encore enlevé.

Ce qui, l'an précédent, m'eût irrité au plus haut point, cette année me laissait assez calme ; je ne me dissimulais pas le tort que Heurtevent me faisait ; mais ces bois ainsi dévastés étaient beaux, et je m'y promenais avec plaisir, épiant, surveillant le gibier, surprenant les vipères, et parfois, m'asseyant longuement sur un des troncs couchés qui semblait vivre encore et par ses plaies jetait quelques vertes brindilles.

Puis, tout à coup, vers le milieu de la première quinzaine d'août, Heurtevent se

décida à envoyer ses hommes. Ils vinrent
six à la fois, prétendant achever tout l'ouvrage en dix jours. La partie des bois ex-
ploitée touchait presque à la Valterie; j'acceptai, pour faciliter l'ouvrage des bûcherons,
qu'on apportât leur repas de la ferme. Celui
qui fut chargé de ce soin était un loustic
nommé Bute, que le régiment venait de nous
renvoyer tout pourri — j'entends quant à
l'esprit, car son corps allait à merveille;
c'était un de ceux de mes gens avec qui je
causais volontiers. Je pus donc ainsi le
revoir sans aller pour cela sur la ferme Car
c'est précisément alors que je recommençai
de sortir. Et durant quelques jours, je ne
quittai guère les bois, ne rentrant à la Morinière que pour les heures des repas, et souvent me faisant attendre. Je feignais de surveiller le travail, mais en vérité ne voyais
que les travailleurs.

Il se joignait parfois, à cette bande de six
hommes, deux des fils Heurtevent ; l'un âgé
de vingt ans, l'autre de quinze, élancés, cam-

brés, les traits durs. Ils semblaient de type
étranger, et j'appris plus tard, en effet, que
leur mère était Espagnole. Je m'étonnai
d'abord qu'elle eût pu venir jusqu'ici, mais
Heurtevent, un vagabond fieffé dans sa jeunesse, l'avait, paraît-il, épousée en Espagne.
Il était pour cette raison assez mal vu dans le
pays. La première fois que j'avais rencontré
le plus jeune des fils, c'était, il m'en souvient, sous la pluie; il était seul, assis sur
une très haute charrette au plus haut d'un
entassement de fagots; et là, tout renversé
parmi les branches, il chantait ou plutôt
gueulait une espèce de chant bizarre et tel
que je n'en avais jamais ouï dans le pays.
Les chevaux qui traînaient la charrette, connaissant le chemin, avançaient sans être
conduits. Je ne puis dire l'effet que ce chant
produisit sur moi; car je n'en avais entendu
de pareil qu'en Afrique... Le petit, exalté,
paraissait ivre; quand je passai, il ne me
regarda même pas. Le lendemain j'appris
que c'était un fils de Heurtevent. C'était

pour le revoir, ou du moins pour l'attendre qu
je m'attardais ainsi dans la coupe. On achev
bientôt de la vider. Les garçons Heurteven
n'y vinrent que trois fois. Ils semblaient fiers
et je ne pus obtenir d'eux une parole.

Bute, par contre, aimait à raconter ; je fi
en sorte que bientôt il comprît ce qu'ave
moi l'on pouvait dire ; dès lors il ne se gên
guère et déshabilla le pays. Avidement j
me penchai sur son mystère. Tout à la foi
il dépassait mon espérance, et ne me satis
faisait pas. Etait-ce là ce qui grondait sou
l'apparence ? ou peut-être n'était-cc encor
qu'une nouvelle hypocrisie ? N'importe ! E
j'interrogeais Bute, comme j'avais fait le
informes chroniques des Goths. De ses récit
sortait une trouble vapeur d'abîme qui déj
me montait à la tête et qu'inquiètement j
humais. Par lui j'appris d'abord que Heur
tevent couchait avec sa fille. Je craignais, s
je manifestais le moindre blâme, d'arrête
toute confidence ; je souris donc ; la curiosit
me poussait.

— Et la mère ? Elle ne dit rien ?

— La mère ! voilà douze ans pleins qu'elle est morte... Il la battait.

— Combien sont-ils dans la famille ?

— Cinq enfants. Vous avez vu l'aîné des fils et le plus jeune. Il y en a encore un de seize ans, qui n'est pas fort, et qui veut se faire curé. Et puis la fille aînée a déjà deux enfants du père...

Et j'appris peu à peu bien d'autres choses, qui faisaient de la maison Heurtevent un lieu brûlant, à l'odeur forte, autour duquel, quoi que j'en eusse, mon imagination, comme une mouche à viande, tournoyait :
— Un soir, le fils aîné tenta de violer une jeune servante ; et comme elle se débattait, le père intervenant aida son fils, et de ses mains énormes la contint ; ce pendant que le second fils, à l'étage au-dessus, continuait tendrement ses prières, et que le cadet, témoin du drame, s'amusait. Pour ce qui est du viol, je me figure qu'il n'avait pas été bien difficile, car Bute racontait encore que,

peu de temps après, la servante, y ayant pris
goût, avait tenté de débaucher le petit prêtre.

— Et l'essai n'a pas réussi? demandai-je?

— Il tient encore, mais plus bien dru, répondit Bute.

— N'as-tu pas dit qu'il y avait une autre
fille?

— Qui en prend bien tant qu'elle en
trouve; et encore sans demander rien.
Quand ça la tient, c'est elle qui paierait plutôt. Par exemple, faudrait pas coucher chez
le père; il cognerait. Il dit comme ça qu'en
famille on a le droit de faire ce qui vous
plaît, mais que ça ne regarde pas les autres.
Pierre, le gars de la ferme que vous avez
fait renvoyer, ne s'en est pas vanté, mais,
une nuit, il n'en est pas sorti sans un trou
dans la tête. Depuis ce temps-là, c'est dans
le bois du château qu'on travaille.

Alors, et l'encourageant du regard :

— Tu en as essayé? demandai-je.

Il baissa les yeux pour la forme et dit en
rigolant :

— **Quelquefois.** Puis, relevant **vite les yeux** : — Le petit au père Bocage aussi.

— Quel petit au père Bocage?

— Alcide, celui qui couche sur **la ferme.** Monsieur ne le connaît donc pas ?

J'étais absolument stupéfait d'apprendre que Bocage avait un autre fils.

— C'est vrai, continua Bute, **que,** l'an passé, il était encore chez son oncle. Mais c'est bien étonnant que Monsieur **ne l'ait pas** déjà rencontré dans les bois; presque tous les soirs il braconne.

Bute avait dit ces derniers mots plus **bas.** Il me regarda bien et je compris qu'il était urgent de sourire. Alors Bute, satisfait, continua :

— Monsieur sait parbleu bien qu'on **le** braconne. Bah ! les bois sont si grands **que** ça n'y fait pas lien du tort...

Je m'en montrai si peu mécontent **que,** bien vite, Bute, enhardi, et, je pense aujourd'hui, heureux de desservir un **peu** Bocage, me montra dans tel creux des collets

tendus par Alcide, puis m'enseigna tel endroit de la haie où je pouvais être à peu
près sûr de le surprendre. C'était, sur le
haut d'un talus, un étroit pertuis dans la
haie qui formait lisière, et par lequel Alcide
avait accoutumé de passer vers six heures.
Là, Bute et moi, fort amusés, nous tendîmes
un fil de cuivre, très joliment dissimulé.
Puis, m'ayant fait jurer que je ne le dénon-
cerais pas, Bute partit, ne voulant pas se
compromettre. Je me couchai contre le revers du talus ; j'attendis.

Et trois soirs j'attendis en vain. Je commençais à croire que Bute m'avait joué...
Le quatrième soir, enfin, j'entends un très
léger pas approcher. Mon cœur bat et j'apprends soudain l'affreuse volupté de celui
qui braconne... Le collet est si bien posé
qu'Alcide y vient donner tout droit. Je le
vois brusquement s'étaler, la cheville prise.
Il veut se sauver, retombe, et se débat
comme un gibier. Mais déjà je le tiens.
C'est un méchant galopin, à l'œil vert, aux

'cheveux filasse, à l'expression chafouine. Il me lance des coups de pied ; puis, immobilisé, tâche de mordre, et comme il n'y peut parvenir commence à me jeter au nez les plus extraordinaires injures que j'aie jusqu'alors entendues. A la fin je n'y puis plus tenir ; j'éclate de rire. Alors lui s'arrête soudain, me regarde et, d'un ton plus bas :

— Espèce de brutal, vous m'avez estropié.

— Fais voir.

Il fait glisser son bas sur ses galoches et montre sa cheville où l'on distingue à peine une légère trace un peu rose. — Ce n'est rien. — Il sourit un peu, puis, sournoisement :

— J'm'en vas le dire à mon père que c'est vous qui tendez les collets.

— Parbleu ! c'est un des tiens.

— Ben sûr que c'est pas vous qui l'avez posé, c'ti là.

— Pourquoi donc pas ?

— Vous n'sauriez pas si bien. Montrez-moi voir comment que vous faites.

— Apprends-moi...

Ce soir je ne rentrai que bien tard pour le dîner, et comme on ne savait où j'étais, Marceline était inquiète. Je ne lui racontai pourtant pas que j'avais posé six collets et que, loin de gronder Alcide, je lui avais donné dix sous.

Le lendemain, allant relever ces collets avec lui, j'eus l'amusement de trouver deux lapins pris aux pièges ; naturellement je les lui laissai. La chasse n'était pas encore ouverte. Que devenait donc ce gibier, qu'on ne pouvait montrer sans se commettre ? C'est ce qu'Alcide se refusait à m'avouer. Enfin j'appris, par Bute encore, que Heurtevent était un maître recéleur, et qu'entre Alcide et lui le plus jeune des fils commissionnait. Allais-je donc ainsi pénétrer plus avant dans cette famille farouche ? Avec quelle passion je braconnai !

Je retrouvais Alcide chaque soir ; nous prîmes des lapins en grand nombre, et même une fois un chevreuil : il vivait faiblement encore..., je ne me souviens pas sans horreur de la joie qu'eut Alcide à le tuer. Nous mîmes le chevreuil en lieu sûr, où le fils Heurtevent put venir le chercher dans la nuit.

Dès lors je ne sortis plus si volontiers le jour, où les bois vidés m'offraient moins d'attraits. Je tâchai même de travailler; triste travail sans but — car j'avais dès la fin de mon cours refusé de continuer ma suppléance — travail ingrat, et dont me distrayait soudain le moindre chant, le moindre bruit dans la campagne; tout cri me devenait appel. Que de fois ai-je ainsi bondi de ma lecture à ma fenêtre, pour ne voir rien du tout passer! Que de fois, sortant brusquement... La seule attention dont je fusse capable, c'était celle de tous mes sens.

Mais quand la nuit tombait, — et la nuit à présent déjà, tombait vite — c'était notre heure, dont je ne soupçonnais pas jusqu'alors la beauté; et je sortais comme entrent les voleurs. Je m'étais fait des yeux d'oiseau de nuit. J'admirais l'herbe plus mouvante et plus haute, les arbres épaissis. La nuit creusait tout, éloignait, faisait le sol distant et toute surface profonde. Le plus uni sentier paraissait dangereux. On sentait s'éveiller partout ce qui vivait d'une existence ténébreuse.

— Où ton père te croit-il à présent ?

— A garder les bêtes, à l'étable.

Alcide couchait là, je le savais, tout près des pigeons et des poules ; comme on l'y enfermait le soir, il sortait par un trou du toit ; il gardait dans ses vêtements une chaude odeur de poulaille...

Puis brusquement, et sitôt le gibier récolté, il fonçait dans la nuit comme dans une trappe, sans un geste d'adieu, sans même me dire à demain. Je savais qu'avant de rentrer dans la ferme où les chiens, pour lui, se taisaient, il retrouvait le petit Heurtevent et lui remettait sa provende. Mais où ? C'est ce que mon désir ne pouvait arriver à surprendre : menaces, ruses échouèrent ; les

Heurtevent ne se laissaient pas approcher. Et je ne sais où triomphait le plus ma folie : poursuivre un médiocre mystère qui reculait toujours devant moi ? peut-être même inventer le mystère, à force de curiosité ? — Mais que faisait Alcide en me quittant ? Couchait-il vraiment à la ferme ? ou seulemeut le faisait-il croire au fermier ? Ah ! j'avais beau me compromettre, je n'arrivais à rien qu'à diminuer encore son respect, sans augmenter sa confiance ; et cela m'enrageait et me désolait à la fois...

Lui disparu, soudain, je restais affreusement seul ; et je rentrais à travers champs, dans l'herbe lourde de rosée, ivre de nuit, de vie sauvage et d'anarchie, trempé, boueux, couvert de feuilles. De loin, dans la Morinière endormie, semblait me guider, comme un paisible phare, la lampe de ma chambre d'étude où me croyait enfermé Marceline, ou de la chambre de Marceline à qui j'avais persuadé que, sans sortir ainsi la nuit, je n'aurais pas pu m'endormir. C'était vrai : je prenais en horreur mon lit, **et j'eusse préféré la grange.**

Le gibier abondait cette année. Lapins, lièvres, faisans, se succédèrent. Voyant tout marcher à souhait, Bute, au bout de trois soirs, prit le goût de se joindre à nous.

Le sixième soir de braconnage, nous ne retrouvâmes plus que deux collets sur douze ; une rafle avait été faite pendant le jour. Bute me demanda cent sons pour racheter du fil de cuivre, le fil de fer ne valant rien.

Le lendemain j'eus le plaisir de voir mes dix collets chez Bocage, et je dus approuver son zèle. Le plus fort c'est que, l'an passé, j'avais inconsidérément promis dix sous pour chaque collet saisi ; j'en dus donc donner cent à Bocage. Cependant, avec ses cent sous, Bute rachète du fil de cuivre. Quatre jours après, même histoire ; dix nouveaux collets sont saisis. C'est de nouveau cent sous à Bute ; de nouveau cent **sous** à Bocage. Et comme je le félicite :

— Ce n'est pas moi, dit-il, qu'il faut féliciter. C'est Alcide.

— Bah ! — Trop d'étonnement peut nous perdre : je me contiens.

— Oui, continue Bocage ; que voulez-vous, Monsieur, je me fais vieux, et suis trop requis par la ferme. Le petit court les bois pour moi ; il les connaît ; il est malin, et il sait mieux que moi où chercher et trouver les pièges.

— Je le crois sans effort, Bocage.

— Alors, sur les dix sous que Monsieur donne, je lui laisse cinq sous par piège.

— Certainement il les mérite. Parbleu ! Vingt collets en cinq jours ! Il a bien travaillé. Les braconniers n'ont qu'à bien se tenir. Ils vont se reposer, je parie.

— Oh ! Monsieur, tant plus qu'on en prend, tant plus qu'on en trouve. Le gibier se vend cher cette année, et pour quelques sous que ça leur coûte...

Je suis si bien joué que pour un peu je croirais Bocage de mèche. Et ce qui me dépite en cette affaire, ce n'est pas le triple commerce d'Alcide, c'est de le voir ainsi me tromper. Et puis que font-ils de l'argent, Bute et lui ? Je ne sais rien ; je ne saurai rien de tels êtres. Ils mentiront toujours ; me tromperont pour me tromper. Ce soir ce n'est pas cent sous, c'est dix francs que je donne à Bute : je l'avertis que c'est pour la dernière fois et que si les collets sont repris, c'est tant pis.

Le lendemain je vois venir Bocage ; il semble très gêné ; je le deviens aussitôt plus que lui. Que s'est-il donc passé ? Et Bocage m'apprend que Bute n'est rentré qu'au petit matin sur la ferme ; Bute est soûl comme un Polonais ; aux premiers mots que lui a dits Bocage, Bute l'a salement insulté, puis s'est jeté sur lui, l'a frappé...

— Enfin, me dit Bocage, je venais savoir si Monsieur m'autorise (il reste un instant sur le mot), m'autorise à le renvoyer.

— Je vais y réfléchir, Bocage. Je suis très désolé qu'il vous ait manqué de respect. Je vois... Laissez-moi seul y réfléchir ; et revenez ici dans deux heures. — Bocage sort.

Garder Bute, c'est manquer péniblement à Bocage ; chasser Bute, c'est le pousser à se venger... Tant pis ; advienne que pourra ; aussi bien suis je le seul coupable... Et dès que Bocage revient :

— Vous pouvez dire à Bute qu'on ne veut plus le voir ici

Puis j'attends. Que fait Bocage ? Que dit Bute ? — Et le soir seulement j'ai quelques échos du scandale. Bute a parlé. Je le comprends d'abord par les cris que j'entends chez Bocage ; c'est le petit Alcide qu'on bat. — Bocage va venir ; il vient ; j'entends son vieux pas approcher, et mon cœur bas plus fort encore qu'il ne battait pour le gibier. L'insupportable, instant ! Tous les grands sentiments seront de mise ; je vais être forcé de le prendre au sérieux. Quelles explications inventer ? Comme je vais jouer mal ! Ah ! je voudrais rendre mon rôle... Bocage entre. Je ne comprends strictement rien à ce qu'il

dit. C'est absurde : je dois le faire recommencer. A la fin je distingue ceci : Il croit
que Bute est seul coupable ; l'incroyable vérité lui échappe ; que j'aie donné dix francs à
Bute, et pour quoi faire ? il est trop Normand pour l'admettre. Les dix francs, Bute
les a volés, c'est sûr ; en prétendant que je
les ai donnés, il ajoute au vol le mensonge ;
histoire d'abriter son vol ; ce n'est pas à Bocage qu'on en fait accroire de cette force...
Du braconnage il n'en est plus question. Si
Bocage battait Alcide, c'est parce que le petit
découchait.

Allons ! je suis sauvé ; devant Bocage au
moins tout va bien. Quel imbécile que ce
Bute ! Certes, ce soir je n'ai pas grand désir
de braconner.

Je croyais déjà tout fini, mais une heure
après voici Charles. Il n'a pas l'air de plaisanter ; de loin déjà il paraît plus rasant encore
que son père. Dire que l'an passé...

— Eh bien ! Charles, voilà longtemps qu'on
ne t'a vu.

— Si Monsieur tenait à me voir, il n'avait qu'à venir sur la ferme. Ce n'est parbleu ni des bois ni de la nuit que j'ai affaire.

— Ah ! ton père t'a raconté...

— Mon père ne m'a rien raconté parce que mon père ne sait rien. Qu'a-t-il besoin d'apprendre, à son âge, que son maître se fiche de lui ?

— Attention, Charles ! tu vas trop loin...

— Oh ! parbleu, vous êtes le maître ! et vous faites ce qui vous plaît.

— Charles, tu sais parfaitement que je ne me suis moqué de personne, et si je fais ce qui me plaît c'est que cela ne nuit qu'à moi

Il eut un léger haussement d'épaules.

— Comment voulez-vous qu'on défende vos intérêts, quand vous les attaquez vous-même ? Vous ne pouvez protéger à la fois le garde et le braconnier.

— Pourquoi ?

— Parce qu'alors... ah ! tenez, Monsieur, tout cela c'est trop malin pour moi, et sim-

plement cela ne me plaît pas de voir mon
maître faire bande avec ceux qu'on arrête,
et défaire avec eux le travail qu'on a fait
pour lui.

Et Charles dit cela d'une voix de plus en
plus assurée. Il se tient presque noblement.
Je remarque qu'il a fait couper ses favoris. Ce
qu'il dit est d'ailleurs assez juste. Et comme
je me tais (que lui dirais-je?), il continue :

— Qu'on ait des devoirs envers ce qu'on
possède, Monsieur me l'enseignait l'an dernier, mais semble l'avoir oublié. Il faut
prendre ces devoirs au sérieux et renoncer à
jouer avec... ou alors c'est qu'on ne méritait
pas de posséder.

Un silence.

— C'est tout ce que tu avais à dire?

— Pour ce soir, oui Monsieur; mais un
autre soir, si Monsieur m'y pousse, peut-être
viendrai-je dire à Monsieur que mon père et
moi quittons la Morinière.

Et il sort en me saluant très bas. A peine
si je prends le temps de réfléchir :

— Charles ! — Il a parbleu raison... Oh !
Oh ! Mais si c'est là ce qu'on appelle possé
der !... Charles. Et je cours après lui ; je le
rattrape dans la nuit, et, très vite, comme
pour assurer ma décision subite :

— Tu peux annoncer à ton père que je
mets la Morinière en vente.

Charles salue gravement et s'éloigne sans
dire un mot.

Tout cela est absurde ! absurde !

Marceline ce soir ne peut descendre pour
dîner et me fait dire qu'elle est souffrante.
Je monte en hâte et plein d'anxiété dans sa
chambre. Elle me rassure aussitôt. « Ce n'est
qu'un rhume », espère-t-elle. Elle a pris froid.

— Tu ne pouvais donc pas te couvrir ?

— Pourtant, dès le premier frisson, j'ai
mis mon châle.

— Ce n'est pas après le frisson qu'il fallait
le mettre, c'est avant.

Elle me regarde, essaye de sourire... Ah !
peut-être une journée si mal commencée me

dispose-t-elle à l'angoisse — elle m'anrait dit à haute voix : « Tiens-tu donc tant à ce que je vive ? » je ne l'aurais pas mieux entendue. Décidément tout se défait autour de moi ; de tout ce que ma main saisit, ma main ne sait rien retenir... Je m'élance vers Marceline et couvre de baisers ses tempes pâles. Alors, elle ne se retient plus et sanglote sur mon épaule...

— Oh ! Marceline ! Marceline ! partons d'ici. Ailleurs je t'aimerai comme je t'aimais à Sorrente... Tu m'as cru changé, n'est-cc pas ? Mais ailleurs, tu sentiras bien que rien n'a changé notre amour...

Et je ne guéris pas encore sa tristesse, mais déjà, comme elle se raccroche à l'espoir !...

La saison n'était pas avancée, mais il faisait humide et froid, et déjà les derniers boutons des rosiers pourrissaient sans pouvoir éclore. Nos invités nous avaient quittés depuis longtemps. Marceline n'était pas si souffrante qu'elle ne pùt s'occuper de fermer la maison, et cinq jours après nous partîmes.

Je tâchai donc, et encore une fois, de refermer ma main sur mon amour. Mais
qu'avais-je besoin de tranquille bonheur?
Celui que me donnait et que représentait
pour moi Marceline, était comme un repos
pour qui ne se sent pas fatigué. — Mais
comme je sentais qu'elle était lasse et qu'elle
avait besoin de mon amour, je l'en enve-
loppai et feignis que ce fût par le besoin que
j'en avais moi-même. Je sentais intolérable-
ment sa souffrance ; c'était pour l'en guérir
que je l'aimais.

Ah ! soins passionnés, tendres veilles !
Comme d'autres exaspèrent leur foi en en

exagérant les pratiques, ainsi développai-je
mon amour. — Et Marceline se reprenait,
vous dis-je, aussitôt à l'espoir. En elle il y
avait encore tant de jeunesse; en moi tant
de promesses, croyait-elle. — Nous nous en-
fuîmes de Paris comme pour de nouvelles
noces. Mais dès le premier jour du voyage,
elle commença d'aller beaucoup plus mal;
dès Neuchâtel il nous fallut nous arrêter.

Combien j'aimai ce lac aux rives glauques,
sans rien d'alpestre, et dont les eaux, comme
celles d'un marécage, longtemps se mêlent à
la terre, et filtrent entre les roseaux. Je pus
trouver pour Marceline, dans un hôtel très
confortable, une chambre ayant vue sur le
lac; je ne la quittai pas de tout le jour.

Elle allait si peu bien que dès le lendemain
je fis venir un docteur de Lausanne. Il s'in-
quiéta, bien inutilement, de savoir si déjà,
dans la famille de ma femme, je connaissais
d'autres cas de tuberculose. Je répondis que
oui; pourtant je n'en connaissais pas; mais
il me déplaisait de dire que moi-même j'avais

té presque condamné pour cela, et qu'avant
le m'avoir soigné, Marceline n'avait jamais
té malade. Et je rejetai tout sur l'embolie,
ien que le médecin n'y voulût voir rien
qu'une cause occasionnelle et m'affirmât que
e mal datait de plus loin. Il nous conseilla
ivement le grand air des hautes Alpes, où
Marceline, affirmait-il, guérirait; et comme
précisément mon désir était de passer tout
l'hiver en Engadine, sitôt que Marceline fut
assez bien pour pouvoir supporter le voyage,
nous repartîmes.

Je me souviens comme d'événements de
chaque sensation de la route. Le temps était
limpide et froid; nous avions emporté les
plus chaudes fourrures... A Coire, le va-
carme incessant de l'hôtel nous empêcha
presque complètement de dormir. J'aurais
pris gaîment mon parti d'une nuit blanche
dont je ne me serais pas senti fatigué; mais
Marceline... Et je ne m'irritai point tant
contre ce bruit que de ce qu'elle n'eût su
trouver, et malgré ce bruit, le sommeil. Elle

en eût eu si grand besoin ! — Le lendemain
nous partîmes dès avant l'aube ; nous avions
retenu les places du coupé dans la diligence
de Coire ; les relais bien organisés permettent de gagner Saint-Moritz en un jour.

Tiefenkasten, le Julier, Samaden... je me
souviens de tout, heure par heure ; de la qualité très nouvelle et de l'inclémence de l'air ;
du son des grelots des chevaux ; de ma faim ;
de la halte à midi devant l'auberge ; de l'œuf
cru que je crevai dans la soupe, du pain bis
et de la froideur du vin aigre. — Ces mets
grossiers convenaient mal à Marceline ; elle
ne put manger à peu prés rien que quelques
biscuits secs qu'heureusement j'avais eu soin
de prendre pour la route. — Je revois la
tombée du jour, la rapide ascension de
l'ombre contre les pentes des forêts ; puis
une halte encore. L'air devient toujours plus
vif et plus cru. Quand la diligence s'arrête,
on plonge jusqu'au cœur dans la nuit et dans
le silence limpide ; limpide... il n'y a pas
d'autre mot. Le moindre bruit prend sur

tte transparence étrange sa qualité parfaite
sa pleine sonorité. On repart dans la nuit.
arceline tousse... Oh ! n'arrétera-t-elle pas
. tousser ? Je resonge à la diligence de
usse. Il me semble que je toussais mieux
e cela : Elle fait trop d'efforts... Comme
e paraît faible et changée ; dans l'ombre,
nsi, je la reconnaîtrais à peine. Que ses
its sont tirés ! Est-ce que l'on voyait ainsi
s deux trous noirs de ses narines ? — Oh !
e tousse affreusement. C'est le plus clair
sultat de ses soins. J'ai horreur de la sym-
thie ; toutes les contagions s'y cachent ; on
devrait sympathiser qu'avec les forts. —
l vraiment elle n'en peut plus ! N'arrive-
ns-nous pas bientôt ?... Que fait-elle ?...
le prend son mouchoir ; le porte à ses
res ; se détourne... Horreur ! est-ce qu'elle
ssi va cracher le sang ? — Brutalement
rrache le mouchoir de ses mains. Dans la
mi-clarté de la lanterne, je regarde... Rien.
is j'ai trop montré mon angoisse ; Marceline
stement s'efforce de sourire et murmure :

— Non ; pas encore.

Enfin nous arrivons. Il n'est que temps ;
elle se tient à peine. Les chambres qu'on
nous a préparées ne me satisfont pas ; nous
y passons la nuit, puis demain nous change-
rons. Rien ne me paraît assez beau ni trop
cher. Et comme la saison d'hiver n'est pas
encore commencée, l'immense hôtel se
trouve à peu près vide ; je peux choisir. Je
prends deux chambres spacieuses, claires et
simplement meublées ; un grand salon y
attenant, se terminant en large bow-window
d'où l'on peut voir et le hideux lac bleu,
et je ne sais quel mont brutal, aux pentes
trop boisées ou trop nues. C'est là que
nous servira nos repas. L'appartement est
hors de prix, mais que m'importe ! Je n'ai
plus mon cours, il est vrai, mais fais vendre
la Morinière. Et puis nous verrons bien.
D'ailleurs. qu'ai-je besoin d'argent ? Qu'ai-je
besoin de tout cela ?... Je suis devenu fort
présent... Je pense qu'un complet changement de fortune doit éduquer autant qu'une

complet changement de santé... Marceline,
elle, a besoin de luxe ; elle est faible... ah !
pour elle je veux dépenser tant et tant que...
Et je prenais tout à la fois l'horreur et le goût
de ce luxe. J'y lavais, j'y baignais ma sensua-
lité, puis la souhaitais vagabonde.

Cependant Marceline allait mieux, et mes
soins constants triomphaient. Comme elle
avait peine à manger, je commandais,
pour stimuler son appétit, des mets délicats, séduisants ; nous buvions les vins les
meilleurs. Je me persuadais qu'elle y prenait
grand goût, tant m'amusaient ces crus étrangers que nous expérimentions chaque jour.
Ce furent d'âpres vins du Rhin ; des Tokay
presque sirupeux qui m'emplirent de leur
vertu capiteuse. Je me souviens d'un bizarre
Barba-grisca, dont il ne restait plus qu'une
bouteille, de sorte que je ne pus savoir si
le goût saugrenu qu'il avait se serait retrouvé
dans les autres.

Chaque jour nous sortions en voiture ;
puis en traîneau, lorsque la neige fut tom-

bée, enveloppés jusqu'au cou de fourrures.
Je rentrais le visage en feu, plein d'appétit,
puis de sommeil. — Cependant je ne renon-
çais pas à tout travail et trouvais chaque jour
plus d'une heure où méditer sur ce que je
sentais devoir dire. D'histoire il n'était plus
question ; depuis longtemps déjà mes études
historiques ne m'intéressaient plus que
comme un moyen d'investigation psycholo-
gique. J'ai dit comment j'avais pu m'épren-
dre à nouveau du passé, quand j'y avais cru
voir de troubles ressemblances ; j'avais osé
prétendre, à force de presser les morts,
obtenir d'eux quelque secrète indication sur
la vie... A présent le jeune Athalaric lui-
même pouvait, pour me parler, se lever de
sa tombe ; je n'écoutais plus le passé. — Et
comment une antique réponse eût-elle satisfait à ma nouvelle question : — Qu'est-ce
que l'homme peut encore ? Voilà ce qu'i
m'importait de savoir. Ce que l'homme a di
jusqu'ici. est-ce tout ce qu'il pouvait dire
N'a-t-il rien ignoré de lui ? Ne lui reste-t-i

qu'à redire?... Et chaque jour croissait en moi le confus sentiment de richesses intactes, que couvraient, cachaient, étouffaient les cultures, les décences, les morales.

Il me semblait alors que j'étais né pour une sorte inconnue de trouvailles; et je me passionnais étrangement dans ma recherche ténébreuse, pour laquelle je sais que le chercheur devait abjurer et repousser de lui culture, décence et morale.

J'en venais à ne goûter plus en autrui que les manifestations les plus sauvages, à déplorer qu'une contrainte quelconque les réprimât. Pour un peu je n'eusse vu dans l'honnêteté que restrictions, conventions ou peur. Il m'aurait plu de la chérir comme une difficulté rare; nos mœurs en avaient fait la forme mutuelle et banale d'un contrat. En Suisse, elle fait partie du confort. Je comprenais que Marceline en eût besoin; mais ne lui cachais pourtant pas le cours nouveau de mes pensées. A Neuchâtel déjà, comme

elle louangeait cette honnêteté qui transpire
là-bas des murs et des visages :

— La mienne me suffit amplement, répartis-je ; j'ai les honnêtes gens en horreur. Si
je n'ai rien à craindre d'eux, je n'ai non plus
rien à apprendre. Et eux n'ont d'ailleurs
rien à dire... Honnête peuple suisse ! Se
porter bien ne lui vaut rien... sans crimes,
sans histoire, sans littérature, sans arts... un
robuste rosier, sans épines ni fleurs...

Et que ce pays honnête m'ennuyât, c'es
ce que je savais d'avance, mais au bout d
deux mois, cet ennui devenant une sorte d
rage, je ne songeai plus qu'à partir.

Nous étions à la mi-janvier. Marcelin
allait mieux, beaucoup mieux : la petit
fièvre continue qui lentement la minai
s'était éteinte ; un sang plus frais recolora
ses joues ; elle marchait de nouveau volon
tiers, quoique peu ; n'était plus comme avai
constamment lasse. Je n'eus pas trop grand
peine à la persuader que tout le bénéfice d
cet air tonique était acquis, que rien ne l

serait meilleur à présent que de descendre en
Italie, où la tiède faveur du printemps achè-
verait de la guérir — et surtout je n'eus pas
grand'peine à m'en persuader moi-même,
tant j'étais las de ces hauteurs.

Et pourtant, à présent que, dans mon désœuvrement, le passé détesté reprend sa
force, entre tous, ces souvenirs m'obsèdent.
Courses rapides en traîneau ; cinglement
joyeux de l'air sec, éclaboussement de la
neige, appétit ; — marche incertaine dans le
brouillard, sonorités bizarres des voix,
brusque apparition des objets ; — lectures
dans le salon bien calfeutré, paysage à travers la vitre, paysage glacé ; — tragique attente de la neige ; — disparition du monde
extérieur, voluptueux blottissement des pensées... O patiner encore avec elle, là bas,
seuls, sur ce petit lac pur, entouré de mélèzes, perdu ; puis rentrer avec elle, le soir...
Cette descente en Italie eut pour moi tous
les vertiges d'une chute. Il faisait beau. A
mesure que nous enfoncions dans l'air plus

tiède et plus dense, les arbres rigides des
sommets, mélèzes et sapins réguliers, faisaient place à une végétation riche de molle
grâce et d'aisance. Il me semblait quitter
l'abstraction pour la vie, et bien que nous
fussions en hiver, j'imaginais partout des
parfums. Ah! depuis trop longtemps nous
n'avions plus ri qu'à des ombres! Ma priva-
tion me grisait, et c'est de soif que j'étais
ivre, comme d'autres sont ivres de vin.
L'épargne de ma vie était admirable; au
seuil de cette terre tolérante et promet-
tense, tous mes appétits éclataient. Une
énorme réserve d'amour me gonflait; parfois elle affluait du fond de ma chair vers
ma téte et dévergondait mes pensées.

Cette illusion de printemps dura peu. Le
brusque changement d'altitude m'avait pu
tromper un instant, mais, dès que nous
eûmes quitté les rives abritées des lacs,
Bellagio, Côme où nous nous attardâmes
quelques jours, nous trouvâmes l'hiver et la
pluie. Le froid que nous supportions bien

en Engadine, non plus sec et léger comme
sur les hauteurs, mais humide à présent et
maussade, commença de nous faire souffrir.
Marceline se remit à tousser. Alors, pour
fuir le froid, nous descendîmes plus au Sud :
nous quittâmes Milan pour Florence, Florence pour Rome, Rome pour Naples qui,
sous la pluie d'hiver, est bien la plus lugubre
ville que je connaisse. Je traînais un ennui
sans nom. Nous revînmes à Rome, chercher,
à défaut de chaleur, un semblant de confort.
Sur le Monte Pincio nous louâmes un appartement trop vaste, mais admirablement si-
tué. A Florence déjà, mécontents des hôtels,
nous avions loué pour trois mois une exquise
villa sur le Viale dei Colli. Un autre y aurait souhaité toujours vivre... Nous n'y restâmes pas vingt jours. A chaque nouvelle
étape pourtant, j'avais soin d'aménager tout
comme si nous ne devions plus repartir. Un
démon plus fort me poussait... Ajoutez à
cela que nous n'emportions pas moins de
huit malles. Il y en avait une, uniquement

pleine de livres, et que, durant tout le
voyage, je n'ouvris pas même une fois.

Je n'admettais pas que Marceline s'occu-
pât de nos dépenses, ni tentât de les modè-
rer. Qu'elles fussent excessives, certes, je le
savais, et qu'elles ne pourraient durer. Je
cessais de compter sur l'argent de la Morinière ; elle ne rapportait plus rien et Bocage
écrivait qu'il ne trouvait pas d'acquéreur.
Mais toute considération d'avenir n'aboutis-
sait qu'à me faire dépenser davantage. Ah !
qu'aurais-je besoin de tant, une fois seul !...
pensais-je et j'observais, plein d'angoisse et
d'attente, diminuer, plus vite encore que ma
fortune, la frêle vie de Marceline.

Bien qu'elle se reposât sur moi de tous les
soins, ces déplacements précipités la fati-
guaient ; mais ce qui la fatiguait plus, j'ose
bien à présent me l'avouer, c'était la peur de
ma pensée.

— Je vois bien, me dit-elle un jour, —
je comprends bien votre doctrine — car
c'est une doctrine à présent. Elle est belle,

peut-être, — puis elle ajouta plus bas, tristement : mais elle supprime les faibles.

— C'est ce qu'il faut, répondis-je aussitôt
malgré moi.

Alors il me parut sentir, sous l'effroi de
ma brutale parole, cet être délicat se replier
et frissonner... Ah ! peut-être allez-vous penser que je n'aimais pas Marceline. Je jure
que je l'aimais passionnément. Jamais elle
n'avait été et ne m'avait paru si belle. La
maladie avait subtilisé et comme extasié ses
traits. Je ne la quittais presque plus, l'entourais de soins continus, protégeais, veillais
chaque instant et de ses jours et de ses nuits.
Si léger que fût son sommeil, j'exerçai mon
sommeil à rester plus léger encore ; je la
surveillais s'endormir et je m'éveillais le premier. Quand, parfois, la quittant une heure,
je voulais marcher seul dans la campagne
ou dans les rues, je ne sais quel souci
d'amour et la crainte de son ennui me rap-
pelaient vite auprès d'elle ; et parfois j'appelais à moi ma volonté, protestais contre

cette emprise, me disais : n'est-ce que cela
que tu vaux, faux grand homme ! — et me
contraignais à faire durer mon absence ; —
mais je rentrais alors les bras chargés de
fleurs, fleurs de jardin précoce ou fleurs de
serre... Oui, vous dis-je ; je la chérissais tendrement. Mais comment exprimer ceci... à
mesure que je me respectais moins, je la vé-
nérais davantage ; — et qui dira combien de
passions et combien de pensées ennemies
peuvent cohabiter en l'homme ?...

Depuis longtemps déjà le mauvais temps
avait cessé ; la saison s'avançait ; et brusquement les amandiers fleurirent. — C'était le
premiers mars. Je descends au matin sur
la place d'Espagne. Les paysans ont dé-
pouillé de ses rameaux blancs la campagne
et les fleurs d'amandiers chargent les paniers
des vendeurs. Mon ravissement est tel que
j'en achète tout un bosquet. Trois hommes
me l'apportent. Je rentre avec tout ce printemps. Les branches s'accrochent aux
portes · des pétales neigent sur le tapis. J'en

mets partout, dans tous les vases ; j'en blanchis le salon, dont Marceline pour l'instant, est absente. Déjà je me réjouis de sa joie... Je l'entends venir. La voici. Elle ouvre la porte. Qu'a-t-elle ?... Elle chancelle... Elle éclate en sanglots.

— Qu'as-tu ? ma pauvre Marceline...

Je m'empresse auprès d'elle ; la couvre de tendres caresses. Alors, comme pour s'excuser de ses larmes :

— L'odeur de ces fleurs me fait mal, dit-elle...

Et c'était une fine, fine, une discrète odeur de miel... Sans rien dire, je saisis ces innocentes branches fragiles, les brise, les emporte, les jette, exaspéré, le sang aux yeux. — Ah ! si déjà ce peu de printemps elle ne le peut plus supporter !...

Je repense souvent à ces larmes et je crois maintenant que, déjà se sentant condamnée, c'est de regret d'autres printemps qu'elle pleurait. — Je pense aussi qu'il est de fortes joies pour les forts, et de faibles joies pour

les faibles que les fortes joies blesseraient.
Elle, un rien de plaisir la soûlait ; un peu
d'éclat de plus, et elle ne le pouvait plus supporter. Ce qu'elle appelait le bonheur, c'est
ce que j'appelais le repos, et moi je ne voulais ni ne pouvais me reposer.

Quatre jours après nous repartîmes pour
Sorrente. Je fus déçu de n'y trouver pas plus
de chaleur. Tout semblait grelotter. Le vent
qui n'arrêtait pas de souffler fatiguait beaucoup Marceline. Nous avions voulu desceu-
dre au même hôtel qu'à notre précédent
voyage ; nous retrouvions la même chambre... Nous regardions avec étonnement, sous
le ciel terne, tout le décor désenchanté, et le
morne jardin de l'hôtel qui nous paraissait
si charmant quand s'y promenait notre
amour.

Nous résolûmes de gagner par mer Palerme dont on nous vantait le climat ; nous
rentrâmes à Naples où nous devions nous
embarquer et où nous nous attardâmes encore. Mais à Naples du moins je ne m'en-

nuyais pas. Naples est une ville vivante où ne s'impose pas le passé.

Presque tous les instants du jour je restais près de Marceline. La nuit, elle se couchait tôt, étant lasse ; je la surveillais s'endormir, et parfois me couchais moi-même, puis, quand son souffle plus égal m'avertissait qu'elle dormait, je me relevais sans bruit, je me rhabillais sans lumière ; je me glissais dehors comme un voleur.

Dehors ! oh ! j'aurais crié d'allégresse. Qu'allais-je faire ? Je ne sais pas. Le ciel, obscur le jour, s'était délivré des nuages ; la lune presque pleine luisait. Je marchais au hasard, sans but, sans désir, sans contrainte. Je regardais tout d'un œil neuf ; j'épiais chaque bruit, d'une oreille plus attentive ; je humais l'humidité de la nuit ; je posais ma main sur des choses ; je rôdais.

Le dernier soir que nous restions à Naples je prolongeai cette débauche vagabonde. En rentrant je trouvai Marceline en larmes. Elle avait eu peur, me dit-elle, s'étant brusque-

ment réveillée et ne m'ayant plus senti là. J
la tranquillisai, expliquai de mon mieu
mon absence et me promis de ne plus l
quitter. — Mais dès la première nuit de Pa
lerme, je n'y pus tenir ; je sortis... Les pre
miers orangers fleurissaient ; le moindr
souffle en apportait l'odeur...

Nous ne restâmes à Palerme que cin
jours ; puis, par un grand détour, rega
gnâmes Taormine que tous deux désirion
revoir. Ai-je dit que le village est assez hau
perché dans la montagne ; la gare est a
bord de la mer. La voiture qui nous condui
sit à l'hôtel dut me ramener aussitôt vers l
gare où j'allais réclamer nos malles. J
m'étais mis debout dans la voiture pou
causer avec le cocher. C'était un petit Sici
lien de Catane, beau comme un vers d
Théocrite, éclatant, odorant, savoureu
comme un fruit.

— Com'è bella la Signora ! dit-il d'un
voix charmante en regardant s'éloigner Mar
celine.

— Anche tu sei hello, ragazzo, répondis-
; et comme j'étais penché vers lui, je n'y
us tenir et, bientôt, l'attirant contre moi,
embrassai. Il se laissa faire en riant.

— I Francesi sono tutti amanti, dit-il.

— Ma non tutti gli Italiani amati, répartis-
en riant aussi... Je le cherchai les jours sui-
ants, mais je ne pus parvenir à le revoir.

Nous quittâmes Taormine pour Syracuse.
'ous redéfaisions pas à pas notre premier
oyage, remontions vers le début de notre
mour. Et de même que de semaine en se-
aine, lors de notre premier voyage, je
arcbais vers la guérison, de semaine en se-
aine, à mesure que nous avancions vers le
ud, l'état de Marceline empirait.

Par quelle aberration, quel aveuglement
bstiné, quelle volontaire folie, me persua-
ai-je, et surtout tâchai-je de lui persuader
u'il lui fallait plus de lumière encore et de
haleur, invoquai-je le souvenir de ma con-
alescence à Biskra... L'air s'était attiédi
ourtant ; la baie de Palerme est clémente et

Marceline s'y plaisait. Là, peut-être, elle au
rait... Mais étais-je maitre de choisir mo
vouloir ? de décider de mon désir ?

A Syracuse l'état de la mer et le servic
irrégulier des bateaux nous força d'attendi
huit jours. Tous les instants que je ne passa
pas près de Marceline, je les passai dans l
vieux port. O petit port de Syracuse ! odeu
de vin suri, ruelles boueuses, puante échopp
où roulaient débardeurs, vagabonds, mar
niers avinés. La société des pires ger
m'était compagnie délectable. Et qu'avais-
besoin de comprendre bien leur langag
quand toute ma chair le goûtait. La brutali
de la passion y prenait encore â mes yeu
un hypocrite aspect de santé, de vigueur. E
j'avais beau me dire que leur vie misérab
ne pouvait avoir pour eux le goût qu'elle pr
nait pour moi... Ah ! j'eusse voulu roul
avec eux sous la table et ne me réveill
qu'au frisson triste du matin. Et j'exaspéra
auprès d'eux ma grandissante horreur d
luxe, du confort, de ce dont je m'étais e

touré, de cette protection que ma neuve santé avait su me rendre inutile, de toutes ces précautions que l'on prend pour préserver son corps du contact hasardeux de la vie. J'imaginais plus loin leur existence. J'eusse voulu plus loin les suivre, et pénétrer dans leur ivresse... Puis soudain je revoyais Marceline. Que faisait-elle en cet instant ? Elle souffrait, pleurait peut-être... Je me levais en hâte ; je courais ; je rentrais à l'hôtel, où semblait écrit sur la porte : Ici les pauvres n'entrent pas.

Marceline m'accueillait toujours de même ; sans un mot de reproche ou de doute, et s'efforçant malgré tout de sourire. — Nous prenions nos repas à part ; je lui faisais servir tout ce que le médiocre hôtel pouvait réserver de meilleur. Et pendant le repas je pensais : un morceau de pain, de fromage, un pied de fenouil leur suffit et me suffirait comme à eux. Et peut-être que là, là tout près, il en est qui ont faim et qui n'ont même pas cette maigre pitance... Et voici sur ma table

de quoi les soûler pour trois jours ! J'eusse
voulu crever les murs, laisser affiner les con-
vives... Car sentir souffrir de la faim me devenait angoisse affreuse. Et je regagnais le
vieux port où je répandais au hasard les
menues pièces dont j'avais les poches rem-
plies.

La pauvreté de l'homme est esclave ; pour
manger elle accepte un travail sans plaisir ;
tout travail qui n'est pas joyeux est lamen-
table, pensais-je, et je payais le repos de plusieurs. Je disais : — Ne travaille donc pas :
ça t'ennuie. Je rêvais pour chacun ce loisir
sans lequel ne peut s'épanouir aucune nouveauté, aucun vice, aucun art.

Marceline ne se méprenait pas sur ma pensée ; quand je revenais du vieux port, je ne
lui cachais pas quels tristes gens m'y entou-
raient. — Tout est dans l'homme. Marceline
entrevoyait bien ce que je m'acharnais à découvrir ; et comme je lui reprochais de croire
trop souvent à des vertus qu'elle inventait à
mesure en chaque être :

— Vous, vous n'êtes content, me dit-elle
le quand vous leur avez fait montrer
lelque vice. Ne comprenez-vous pas que
)tre regard développe, exagère en chacun
point sur lequel il s'attache? et que nous
faisons devenir ce que nous prétendons
ı'il est.

J'eusse voulu qu'elle n'eût pas raison,
ais devais bien m'avouer qu'en chaque
re, le pire instinct me paraissait le plus sin-
:re. — Puis, qu'appelais-je sincérité?

Nous quittâmes enfin Syracuse. Le souve-
r et le désir du Sud m'obsédait. Sur mer,
arceline alla mieux... Je revois le ton de la
er. Elle est si calme que le sillage du na-
re semble y durer. J'entends les bruits
égouttement, les bruits liquides ; le lavage
pont, et sur les planches le claquement des
eds nus des laveurs. Je revois Malte toute
anche ; l'approche de Tunis.... Comme
suis changé !

Il fait chaud. Il fait beau. Tout est splen-
ide. Ah ! je voudrais qu'en chaque phrase.

ici, toute une moisson de volupté se dis-
tille... En vain chercherais-je à présent à imposer à mon récit plus d'ordre qu'il n'y en
eut dans ma vie. Assez longtemps j'ai cherché de vous dire comment je devins qui je
suis. Ah ! désembarrasser mon esprit de
cette insupportable logique !... Je ne sens
rien que de noble en moi.

Tunis. Lumière plus abondante que forte.
L'ombre en est encore remplie. L'air lui-
même semble un fluide lumineux où tout
baigne, où l'on plonge, où l'on nage. — Cette
terre de volupté satisfait mais n'apaise pas le
désir, et toute satisfaction l'exalte.

Terre en vacance d'œuvres d'art. Je mé-
prise ceux qui ne savent reconnaître la
beauté que transcrite déjà et toute interpré-
tée. Le peuple arabe a ceci d'admirable que
son art, il le vit. il le chante et le dissipe au
jour le jour ; il ne le fixe point et ne l'em-
baume en aucune œuvre. C'est la cause et
l'effet de l'absence de grands artistes... J'ai
toujours cru les grands artistes ceux qui

osent donner droit de beauté à des choses si
naturelles qu'elles font dire après à qui les
voit : « Comment n'avais-je pas compris
jusqu'alors que cela aussi était beau... »

A Kairouan, que je ne connaissais pas encore, et où j'allai sans Marceline, la nuit était
très belle. Au moment de rentrer dormir à
l'hôtel, je me souvins d'un groupe d'Arabes
couchés en plein air sur les nattes d'un petit café. Je m'en fus dormir tout contre eux.
Je revins couvert de vermine.

La chaleur moite de la côte affaiblissant
beaucoup Marceline, je lui persuadai que ce
qu'il nous fallait, c'était gagner Biskra au
plus vite. Nous étions au début d'avril.

Ce voyage est très long. Le premier jour
nous gagnons d'une traite Constantine ; le
second jour, Marceline est très lasse et nous
n'allons que jusqu'à El Kantara. — Là nous
avons cherché et nous avons trouvé vers le
soir une ombre plus délicieuse et plus
fraîche que la clarté de la lune, la nuit. Elle
était comme un breuvage intarissable ; elle

ruisselait jusqu'à nous. Et du talus où nou:
étions assis, on voyait la plaine embrasée
Cette nuit Marceline ne peut dormir; l'étran
geté du silence et des moindres bruits l'in
quiète. Je crains qu'elle n'ait un peu de fièvre
Je l'entends se remuer sur son lit. Le lende
main je la trouve plus pâle. Nous repartons
Biskra. C'est donc là que je veux en ve
nir... Oui; voici le jardin public; le banc..
je reconnais le banc où je m'assis aux pre
miers jours de ma convalescence. Qu'y li
sais-je donc?... Homère; depuis je ne l'ai pa
rouvert. — Voici l'arbre dont j'allai palpe
l'écorce. Que j'étais faible, alors!... Tiens
voici des enfants... Non; je n'en reconnai
aucun. Que Marceline est grave! Elle e:
aussi changée que moi. Pourquoi tousse
t-elle, par ce beau temps? — Voici l'hôte
Voici nos chambres; nos terrasses. — Qu
pense Marceline? Elle ne m'a pas dit u
mot. — Sitôt arrivée dans sa chambre. el
s'étend sur le lit; elle est lasse et dit voulc
dormir un peu. Je sors,

Je ne reconnais pas les enfants, mais les
nfants me reconnaissent. Prévenus de mon
rrivée tous accourent. Est-il possible que
e soient eux ? Quelle déconvenue ! Que s'est-
donc passé ? Ils ont affreusement grandi.
.n à peine un peu plus de deux ans, — cela
.'est pas possible... quelles fatigues, quels
ices, quelles paresses, ont déjà mis tant de
.ideur sur ces visages, où tant de jeunesse
clatait. Quels travaux vils ont déjeté si tôt
es beaux corps ? Il y a là comme une ban-
ueroute... Je questionne. Bachir est garçon
longeur d'un café ; Ashour gagne à grand'-
eine quelques sous à casser les cailloux des
outes ; Hammatar a perdu un œil. Qui l'eût
ru ? Sadeck s'est rangé ; il aide un frère aîné
 vendre des pains au marché ; il semble
evenu stupide. Agib s'est établi boucher
rès de son père ; il engraisse ; il est laid ; il
st riche ; il ne veut plus parler à ses com-
agnons déclassés... Que les carrières hono-
ables abêtisent ! Vais-je donc retrouver chez
ux ce que je haïssais parmi nous ? — Bou-

baker? — Il s'est marié. Il n'a pas quinz
ans. C'est grotesque. — Non, pourtant; j
l'ai revu le soir. Il s'explique : son mariag
n'est qu'une frime. C'est, je crois, un sacı
débauché! Mais il boit, se déforme... Et voil
donc tout ce qui reste? Voilà donc ce qu'e
fait la vie! — Je sens à mon intolérable tri
tesse que c'était beaucoup eux que je vena
revoir. — Ménalque avait raison : le souvi
nir est une invention de malheur.

Et Moktir? — Ah! celui-là sort de prisoı
Il se cache. Les autres ne fraient plus av
lui. Je voudrais le revoir. Il était le plus beɛ
d'eux tous; va-t-il me décevoir aussi?... C
le retrouve. On me l'amène. — Non! celu
là n'a pas failli. Même mon souvenir ne ı
le représentait pas si superbe. Sa force eɩ
beauté sont parfaites... En me reconnaissa
il sourit.

— Et que faisais-tu donc **avant** d'être
prison?

— Rien.

— Tu **volais?**

Il proteste.

— Que fais-tu maintenant?

Il sourit.

— Eh! Moktir! 'si tu n'as rien à faire, tu nous accompagneras à Touggourt. — Et je suis pris soudain du désir d'aller à Touggourt.

Marceline ne va pas bien; je ne sais pas ce qui se passe en elle. Quand je rentre à l'hôtel ce soir-là, elle se presse contre moi sans rien dire, les yeux fermés. Sa manche large, qui se relève, laisse voir son bras amaigri. Je la caresse et la berce longtemps, comme un enfant que l'on veut endormir. Est-ce l'amour, ou l'angoisse, ou la fièvre qui la fait trembler ainsi?... Ah! peut-être il serait temps encore... Est-ce que je ne m'arrêterai pas? — J'ai cherché, j'ai trouvé ce qui fait ma valeur : une espèce d'entêtement dans le pire. — Mais comment arrivé-je à dire à Marceline que demain nous partons pour Touggourt?...

A présent, elle dort dans la chambre voi-

sine. La lune, depuis longtemps levée, inonde
à présent la terrasse. — C'est une clarté presque effrayante. On ne peut pas s'en cacher.
Ma chambre a des dalles blanches, et là surtout elle paraît. Son flot entre par la fenêtre
grande ouverte. Je reconnais sa clarté dans
la chambre et l'ombre qu'y dessine la porte.
Il y a deux ans elle entrait plus avant encore... oui, là précisément où elle avance
maintenant — quand je me suis levé renon-
çant à dormir. J'appuyais mon épaule contre
le montant de cette porte-là. Je reconnais
l'immobilité des palmiers... Quelle parole
avais-je donc lue ce soir-là?... Ah ! oui ; les
mots du Christ à Pierre : « Maintenant tu te
ceins toi-même, et tu vas où tu veux aller. . »
Où vais-je ? Où veux-je aller?... Je ne vous
ai pas dit que, de Naples, cette dernière fois,
j'avais gagné Pœstum, un jour, seul... ah !
j'aurais sangloté devant ces pierres ! L'ancienne beauté paraissait, simple, parfaite,
souriante — abandonnée. L'art s'en va de
moi, je le sens. C'est pour faire place à quoi

d'autre ? Ce n'est plus, comme avant, une souriante harmonie... Je ne sais plus le dieu ténébreux que je sers. O Dieu neuf ! donnez-moi de connaître encore des races nouvelles, des types imprévus de beauté.

Le lendemain, dès l'aube, la diligence nous emmène, Moktir est avec nous. Moktir est heureux comme un roi.

Chegga ; Kefeldorh' ; M'reyer... mornes étapes sur la route plus morne encore, interminable. J'aurais cru pourtant, je l'avoue, plus riantes ces oasis. Mais plus rien que la pierre et le sable ; puis quelques buissons nains bizarrement fleuris ; parfois quelque essai de palmiers qu'alimente une source cachée... A l'oasis je préfère à présent le désert... ce pays de mortelle gloire et d'intolérable splendeur. L'effort de l'homme y paraît laid et misérable. Maintenant toute autre terre m'ennuie.

— Vous aimez l'inhumain, dit Marceline. Mais comme elle regarde elle-même ! et avec quelle avidité !

Le temps se gâte un peu, le second jour ;
c'est-à-dire que le vent s'élève et que l'horizon se ternit. Marceline souffre ; le sable qu'on
respire, brûle, irrite sa gorge : la surabon-
dante lumière fatigue son regard ; ce paysage
hostile la meurtrit. — Mais à présent il est
trop tard pour revenir. Dans quelques heures
nous serons à Touggourt.

C'est de cette dernière partie du voyage,
pourtant si proche encore, que je me souviens le moins bien. Impossible, à présent
de revoir les paysages du second jour et ce
que je fis d'abord à Touggourt. Mais ce que
je me rappelle encore, c'est quelles étaien
mon impatience et ma précipitation.

Il avait fait très froid le matin. Vers le soir
un simoun ardent s'élève. — Marceline, ex
ténuée par le voyage, s'est couchée sitôt ar
rivée. J'espérais trouver un hôtel un peu plu
confortable ; notre chambre est affreuse ; le
sable, le soleil et les mouches ont tout terni
tout sali, défraîchi. N'ayant presque rier
mangé depuis l'aurore, je fais servir aussitô

le repas ; mais tout paraît mauvais à Marceline et je ne peux la décider à rien prendre.
Nous avons emporté de quoi faire du thé
Je m'occupe à ces soins dérisoires. Nous nous
contentons, pour dîner, de quelques gâteaux
secs et de ce thé, auquel l'eau salée du pays
a donné son goût détestable.

Par un dernier semblant de vertu, je reste
jusqu'au soir près d'elle. Et soudain je me
sens comme à bout de forces moi-même. O
goût de cendres ! O lassitude ! Tristesse du
surhumain effort ! J'ose à peine la regarder ;
je sais trop que mes yeux, au lieu de chercher son regard, iront affreusement se fixer
sur les trous noirs de ses narines ; l'expression de son visage souffrant est atroce. Elle
non plus ne me regarde pas. Je sens, comme
si je la touchais, son angoisse. Elle tousse
beaucoup ; puis s'endort. Par moments un
frisson brusque la secoue.

La nuit pourrait être mauvaise et, avant
qu'il ne soit trop tard, je veux savoir à qui
je pourrais m'adresser. Je sors. Devant la

porte de l'hôtel, la place de Touggourt, les rues, l'atmosphère même est étrange au point de me faire croire que ce n'est pas moi qui les vois. — Après quelques instants je rentre. Marceline dort tranquillement. Je m'effrayais à tort; sur cette terre bizarre, on suppose un péril partout; c'est absurde. Et, suffisamment rassuré, je ressors.

Etrange animation nocturne sur la place; circulation silencieuse; glissement claudestin des burnous blancs. Le vent déchire par instants des lambeaux de musique étrange et les apporte je ne sais d'où. Quelqu'un vient à moi... C'est Moktir. Il m'attendait, dit-il, et pensait bien que je ressortirais. Il rit. Il connaît bien Touggourt, y vient souvent et sait où il m'emmène. Je me laisse entraîner par lui.

Nous marchons dans la nuit; nous entrons dans un café maure; c'est de là que venait la musique. Des femmes arabes y dansent — si l'on peut appeler une danse ce monotone glissement. — Une d'elles me

prend par la main ; je la suis ; c'est la maî-
tresse de Moktir ; il accompagne... Nous
entrons tous les trois dans l'étroite et profonde chambre où l'unique meuble est un
lit... Un lit très bas, sur lequel on s'assied.
Un lapin blanc, enfermé dans la chambre,
s'effarouche d'abord puis s'apprivoise et
vient manger dans la main de Moktir. On
nous apporte du café. Puis, tandis que
Moktir joue avec le lapin, cette femme m'at-
tire à elle, et je me laisse aller à elle comme
on se laisse aller au sommeil...

Ah ! je pourrais ici feindre ou me taire —
mais que m'importe à moi ce récit, s'il cesse
d'être véritable ?...

Je retourne seul à l'hôtel, Moktir restant
là-bas pour la nuit. Il est tard. Il souffle un
siroco aride ; c'est un vent tout chargé de
sable, et torride malgré la nuit. Au bout de
quatre pas je suis en nage ; mais j'ai soudain trop hâte de rentrer, et c'est presque
en courant que je reviens. — Elle s'est réveillée peut-être... peut-être elle a besoin de

moi?... Non ; la croisée de la chambre est
sombre. J'attends un court répit du vent
pour ouvrir ; j'entre très doucement dans le
noir. — Quel est ce bruit?... Je ne reconnais pas sa toux pourtant... Est-ce bien
elle?... J'allume.

Marceline est assise à moitié sur son lit ;
un de ses maigres bras se cramponne aux
barreaux du lit, la tient dressée ; ses draps,
ses mains, sa chemise, sont inondés d'un
flot de sang ; son visage en est tout sali ; ses
yeux sont hideusement agrandis ; et n'importe quel cri d'agonie m'épouvanterait
moins que son silence. — Je cherche sur
son visage transpirant une petite place où
poser un affreux baiser ; le goût de sa sueur
me reste aux lèvres. Je lave et rafraîchis son
front, ses joues... Contre le lit, quelque
chose de dur sous mon pied : je me baisse,
et ramasse le petit chapelet qu'elle réclamait
naguère à Paris, et qu'elle a laissé tomber ;
je le passe à sa main ouverte, mais sa main
aussitôt s'abaisse et le laisse tomber de nou-

veau. — **Je** ne sais que faire ; je voudrais demander du secours... Sa main s'accroche à moi désespérément, me retient ; ah ! croit-elle donc que je veux la quitter ? Elle me dit :

— Oh ! tu peux bien attendre encore. Elle voit que je veux parler :

— Ne me dis rien, ajoute-t-elle ; tout va bien. — De nouveau je ramasse le chapelet ; je le lui remets dans la main, mais de nouveau elle le laisse — que dis-je ? elle le fait tomber. Je m'agenouille auprès d'elle et presse sa main contre moi.

Elle se laisse aller, moitié contre le traversin et moitié contre mon épaule, semble dormir un peu, mais ses yeux restent grands ouverts.

Une heure après elle se redresse ; sa main se dégage des miennes, se crispe à sa chemise et en déchire la dentelle. Elle étouffe. — Vers le petit matin, un nouveau vomissement de sang...

J'ai fini de vous raconter mon histoire. Qu'ajouterais-je de plus? — Le cimetière français de Touggourt est hideux, à moitié dévoré par les sables... Le peu de volonté qui me restait, je l'ai tout employé à l'arracher de ces lieux de détresse. C'est à El Kantara qu'elle repose, dans l'ombre d'un jardin privé qu'elle aimait. Il y a de tout cela trois mois à peine. Ces trois mois ont éloigné cela de dix ans.

Michel resta longtemps silencieux. Nous nous taisions aussi, pris chacun d'un étrange malaise. Il nous semblait hélas ! qu'à nous la raconter, Michel avait rendu son action plus légitime. De ne savoir où la désapprouver, dans la lente explication qu'il en donna, nous en faisait presque complices. Nous y étions comme engagés. — Il avait achevé ce récit sans un tremblement dans la voix, sans qu'une inflexion ni qu'un geste témoignât qu'une émotion quelconque le troublât, — soit qu'il mît un cynique orgueil à ne pas nous paraître ému, soit qu'il craignit, par une sorte de pudeur, de provoquer

17

notre émotion par ses larmes, soit enfin qu'il ne fût pas ému. Je ne distingue pas en lui, même à présent, la part d'orgueil, de force, de sécheresse ou de pudeur. — Au bout d'un instant, il reprit :

—Ce qui m'effraie c'est, je l'avoue, que je suis encore très jeune. Il me semble parfois que ma vraie vie n'a pas encore commencé. Arrachez-moi d'ici à présent, et donnez-moi des raisons d'être. Moi je ne sais plus en trouver. Je me suis délivré, c'est possible; mais qu'importe? je souffre de cette liberté sans emploi. Ce n'est pas, croyez-moi, que je sois fatigué de mon crime, s'il vous plaît de l'appeler ainsi, — mais je dois me prouver à moi-même que je n'ai pas outre-passé mon droit.

J'avais, quand vous m'avez connu d'abord, une grande fixité de pensée, et je sais que c'est là ce qui fait les vrais hommes; — je ne l'ai plus. Mais ce climat, je crois, en es cause. Rien ne décourage autant la pensée que cette persistance de l'azur. Ici toute re-

cherche est impossible, tant la volupté suit
de près le désir. Entouré de splendeur et de
mort, je sens le bonheur trop présent et
l'abandon à lui trop uniforme. Je me couche
au milieu du jour pour tromper la longueur
morne des journées et leur insupportable
loisir.

J'ai là, voyez, des cailloux blancs que je
laisse tremper à l'ombre, puis que je tiens
longtemps dans le creux de ma main, jusqu'à ce qu'en soit épuisée la calmante
fraîcheur acquise. Alors je recommence,
alternant les cailloux, remettant à tremper
ceux dont la froideur est tarie. Du temps s'y
passe, et vient le soir... Arrachez-moi d'ici ;
je ne puis le faire moi-même. Quelque chose
en ma volonté s'est brisé ; je ne sais même
où j'ai trouvé la force de m'éloigner d'El
Kantara. Parfois j'ai peur que ce que j'ai
supprimé ne se venge. — Je voudrais recommencer à neuf. Je voudrais me débarrasser de ce qui reste de ma fortune ; voyez,
ces murs en sont encore couverts... Ici je

vis de presque rien. Un aubergiste mi-fran-
çais m'apprête un peu de nourriture. L'enfant, que vous avez fait fuir en entrant, me
l'apporte soir et matin, en échange de quelques sous et de caresses. Cet enfant qui,
devant les étrangers, se fait sauvage, est avec
moi tendre et fidèle comme un chien. — Sa
sœur est une Ouled-Naïl qui, chaque hiver,
regagne Constantine où elle vend son corps
aux passants. Elle est très belle et je souffrais, les premières semaines, que parfois
elle passât la nuit près de moi. Mais, un
matin, son frère, le petit Ali, nous a surpris
couchés ensemble. Il s'est montré fort irrité
et n'a pas voulu revenir de cinq jours.
Pourtant il n'ignore pas comment ni de quoi
vit sa sœur ; il en parlait auparavant d'un
ton qui n'indiquait aucune gêne... Est-ce
donc qu'il était jaloux ? — Du reste, ce far-
ceur en est arrivé à ses fins ; car moitié par
ennui, moitié par peur de perdre Ali, depuis
cette aventure je n'ai plus retenu cette
fille. Elle ne s'en est pas fâchée ; mais

chaque fois que je la rencontre, elle rît et
plaisante de ce que je lui préfère l'enfant.
Elle prétend que c'est lui qui surtout me
retient ici. Peut-être a-t-elle un peu raison...

FIN

CPSIA information can be obtained
at www.ICGtesting.com
Printed in the USA
BVHW05s0140090918
526918BV00002B/10/P